河合隼雄

ココロの止まり木

朝日新聞社

ココロの止まり木／目次

ココロの止まり木

ナンセンスな人生

人生には何事が起こるかわからない。国際日本文化研究センター所長をやめて、自由人。さあ、自分の好きなことをするぞ、と思っていたら、文化庁長官というのになってしまった。これで生活一変だが、またそれはそれで面白いことや、楽しいことが出てくるものだ。

文化庁長官になって、何よりありがたいことは、コンサートや演劇などの鑑賞の機会が増えることである。早速、仕事の合間を縫って、歌舞伎座で「菅原伝授手習鑑」、それに、二期会のオペラ「フィガロの結婚」と続けて楽しんできた。

日本の敗戦のショックもあり、若いときに欧米文化に強く心を惹かれたので、私は日本文化とはやや縁遠かった。長官になったのを機会に日本の伝統文化に多く接してゆきたいと思っている。

歌舞伎を観るのは久しぶりだが、その素晴らしさに圧倒された。若いときであれば、古い道徳観にひっかかってしまっただろうが、この年齢になると、そんなことを超えての「美」の世界を満喫できる。

それに、歌舞伎を和製オペラとして見ると、実に面白いことに気がついた。舞台全体の構成や動きを見ていると、科白《せりふ》も歌のように聞こえてくる。ワーグナーの作品はオペラという言葉と区別して、「楽劇」と呼ばれたとのことだが、歌舞伎はまさに楽劇で、全体のアンサンブルはまことに見事というほかはない。

こんなことを思いつつ、次に「フィガロの結婚」を観に行く。「フィガロ」はこれまで何度も観ているが、そのたびごとに感激する。何と言ってもモーツァルトの音楽の美しさに心を奪われる。宮本亜門の新しい演出、二期会の人々の好演によって、心が洗われる思いがする。

「フィガロ」を観ていて、「菅原伝授」とあらゆる点で相違しているのだが、両者の話の筋が言うなれば「荒唐無稽《こうとうむけい》」という点で共通している、とふと気がついた。両者ともに観客は大いに楽しんでいるのだが、歌舞伎やオペラの嫌いな人だったら、

「何だそのナンセンス」

と怒りだすことだろう。偶然につぐ偶然の重なりで、筋が展開していく。

偶然嫌いの人は多い。

「そんなことあるものか」

と怒る。しかし、私のようにたくさんの人の相談に応じてきた者は、人生に偶然はつきものと思う。偶然によって途方もない悲劇や幸運が実際に生じるのだ。

こう考えると、オペラも歌舞伎も、あんがい実人生と深くかかわっていると思えてくる。実人生の本質を拡大し、うたいあげることによって、観客を納得させるのだ。人生に生じる偶然の底に流れる必然性を感得させてくれる。

そういえば、人生を「謳歌する」という表現がある。この場合、「歌」は必ずしも楽しいばかりではない。悲しい歌もあるはずだ。実際、「菅原伝授」では、悲しさがうたいあげられる。そして、それは全体のなかに美しい収まりを見せるのである。

自分の人生を納得することは大切だ。ただ、納得する場合に、知的な納得だけでなく、感情を通しての納得があることを忘れてはならない。歌舞伎やオペラは、歌うことによって、後者の納得に至るのだろう。私も文化庁長官の仕事の歌い方を、考えねばならない。

修復の難しさ

文化庁長官の仕事をお引き受けするときの条件のひとつに、京都国立博物館内に分室を設けるというのがあった。私が関西在住であることと、文化に関する関西の重みに対する配慮のためである。やはり仕事は東京が多く、京都へは週1、2回の出勤であるが、ともかく、東京一極集中の姿が、いろいろな形で変貌するのはいいことである。

分室に出勤した機会に、博物館内にある「文化財保存修理所」を見学させていただいた。古美術の修復を行うところで、長い伝統を持っている。彫像、織物、絵画、文書などが長い年月の間にあちこち傷んでいるのを修復する。海外の美術館からの依頼も多いとか。

現場に行くと、まず場全体の「粛」とした雰囲気が肌に感じられる。ひとりひとりが、極めて細密で、慎重さを要する仕事に向かっている。その空気が即座に伝わってくるのだ。修復をするのに、数年かかるのはざらにあるとのこと。

布に欠けたところがあると、その布の材質を確かめ、欠損部分の糸の織目を数え、同じものを作って補修していく。なんとも気が遠くなるような仕事だが、それを根気強く続け、数年がかりで完成するのである。その集中力と根気には、頭が下がる思いがする。

修復するときに、補修用の布がもとの布より強いと、それはもとの布を結果的に傷めることになる。そこで、補修する布は、もとの布より「少し弱い」のがいいが、その加減が難しい、と説明される。なるほどと思うと同時に、自分の昔のことを思い出した。

大学を出て、念願がかなって高校の教師になったときは、うれしくて仕方がなかった。そこで実に熱心に教育をした。補習授業などはどんどんやった。ところが、私が張り切ってやっているのに、生徒たちの成績が思ったほどよくならない。

いろいろ工夫し努力するが、大して効果がない。だいぶたってから、やっとわかったのは、私の意欲やエネルギーが強すぎて、逆に生徒たちの成長の力を萎えさせている、ということだった。補修する側が補修される側より強すぎると駄目なのだ。

こう考えると、ここで行われていることと私の仕事が非常に似たことに思われてきた。

「ここが欠けているので補えばよい」

などという簡単なことではなく、布の種類、古さ、繊維の数などを読む、というのは私のとこ

ろに相談に来られた人に、

「こうすればよろしい」

などと言えることはまずなくて、一緒になって過去の歴史や周囲の状況などをゆっくりと考えてゆくのとそっくりである。そして数年、あるいは10年以上も仕事を続けるのも同じである。

ただ私の仕事は、私が修復するのではなく、来談した人の可能性が引き出され、自らの力でよくなってゆかれるのだが、そこに要する繊細な感覚、集中力、持続性などの点では、まったく同じと言っていいだろう。

「修復するときに、ひとつとして同じケースはありません。そのたびごとに考えをあらたにしなくてはならないのです。初心忘るべからずです」

と説明されたが、これはなんだか、私の仕事のために言ってくださっているように感じたのである。

仏の姿

東京と京都の二重生活で、自宅に帰ると郵便物が山積していて、整理が大変である。しかし、なかにはうれしいのもある。小包のなかから出てきた書物の表紙を見るだけで、ほっとするような、心惹かれるのがあった。

全体に黒を基調にして、版画の救世《くせ》観音の横顔が見える。何だか見たことがあるようななつかしさを感じて手に取ってみる。

藤縄昭『私家本　仏像遍歴』（ナカニシヤ出版）とある。藤縄昭さんは私と同年輩の精神科医で、京都大学名誉教授である。私が１９６５年にスイスより帰国以来のおつきあいで、その当時は夢の研究会などを共にしたものだ。版画が趣味で、仏像の版画を年賀状にいただいたりしていたので、表紙を見て何だかなつかしい気がしたのだ。

版画の仏像の姿を見ているうちに、藤縄さんが、仏の姿を一彫り一彫りしてゆかれるときの気持ちが痛いほど伝わってくる。これは趣味などというものではなく、精神科医という仕事と表裏一体のものとさえ言えるだろう。

たくさんの患者さんに会い、その重みを受けとるが、その内容はだれにも話せない。ただ黙って、仏の姿を彫る。その手の動きに、実に多くのことが込められることだろう。そこに少しずつ現前してくる姿は、己の姿でもあり患者さんたちの姿でもある。

私の場合は趣味の域を出ないが、フルートを吹く。私がお聞きした多くの心の悩みは、音となって外に流れてゆく。自分では初め、あまり意識しなかったが、フルートは私の心理療法家としての仕事を支えてくれている。藤縄さんの版画には及ばないが、同様のことをしていると言えるだろう。

仏像の最後に「不動明王」が示されている。そして「この不動明王にはモデルがない」という説明がある。これを見て、これは藤縄さんの「自画像」だなと感じた。

興味深いことに、この版画集はほとんど仏像であるが、最初のものは「幼き日の自画像」である。そして、最後の著者略歴の上に、小さく著者の「セルフポートレート」の版画がある。柔和な藤縄さんの顔である。

私の弟、逸雄も精神科医で藤縄さんの後輩である。残念なことに数年前に亡くなった。逸雄とかつて雑談していたとき、精神科医の仲間で、自分が精神病になったらだれに主治医になってもらいたいか、ということが話題になり、「藤縄さん」というのが最も多かったと教えてくれた。いちばん信頼できて優しい、というのがその理由だったとか。

ところで、その「優しい」人の「不動明王」の怒り、これはどうしたことだろう。答えはいろいろあろうが、心の病を持った人に適切に接してゆくためには、優しさとともに、このような厳しさがなくてはならない、とは私がつねづね思っていることである。この「コワサ」がなくて、ただ優しいだけでは、ほんとうの仕事はできない。

いろいろと深い想いのこもった仏像の最後に、この不動明王が置かれていることに、私は心を打たれたのである。

それにしても、こんな話を共にして楽しむはずの弟がいないのは残念なことである。これらの仏の姿のどこかに、影をおとしていることだろうが。

善玉「デプレッション」

地方文化の興隆に力を尽くしたい、とは文化庁長官になったときに、やりたいことのひとつとして強調したことである。さっそくそれを実現すべく、日本中のあちこちで「文化芸術懇談会」を催し、私が出席して講演するとともに、各地方の文化興隆への考えや要望などをお聞きすることになった。

第1回を先日、香川県で開催した。1日目は四国こんぴら歌舞伎大芝居の見学、2日目に懇談会の開催という日程だったが、まずこんぴら歌舞伎をなぜ選んだかというと、ご存じの方も多いだろうが、ここは重要文化財指定の昔の芝居小屋を生かしての公演であり、それを行うために、琴平町の町民をあげての文化ボランティアが活躍しているからである。

昼食にうどん屋に入ると、おかみさんが「うちの主人もボランティアで」と話をしてくださる。古い小屋なので、役者を「せり」であげるのも人力で、すべてはボランティアの仕事。そのタイミングが難しいなどと説明にも熱がこもる。

確かに小屋は畳敷き。それに座席案内の「お茶子」さんが赤い前垂れをして、すいすいと動くところなどなんとも懐かしいが、この人たちも「ボランティア」だと感心する。

出しものは「義経千本桜」の「すし屋」。これには「いがみの権太」なる悪党が登場。片岡仁左衛門丈の名演で、見ていても憎らしい限り、たまりかねた父親が権太を刀で刺しても、ざまあみろなんて気持ちになる。

ところが息絶えるなかでの語りで、権太は大変な「善人」とわかり、観客一同紅涙を絞るなかで幕となる。なんとも歌舞伎の真骨頂ともいうべき幕切れだが、大悪人が一変して大善人になる技法を歌舞伎でも「もどり」と呼ぶらしい。観客一同、この「もどり」に拍手喝采をするのだ。ところで、懇談会では、この「もどり」を話の種に使った。聴衆はもちろん歌舞伎をよく知る人ばかりだから、よい話題である。

私の話の要点は、言うなれば現代日本の大悪人「不況」も、日本人のそれに対応する姿勢によって、「もどり」が生じて「善人」になるのではないか、ということである。

これは文化庁長官に就任以来強調していることだが、不況を表す英語の「デプレッション（de-pression）」という語は、心の病の抑鬱状態を示すのにも使われる。

抑鬱症のような方に私が心理療法家としてお会いしてよく経験するのは、その人が何らかの創造活動をはじめてゆくことによって、病を克服することである。

経済のデフレッションもこれと同じで、日本人がここで思い切って文化的な創造活動を行うことによってこそ、克服できるのではないか。文化の活性化が経済の活性化を呼び起こすこともあろう。そうなると悪人「不況」に「もどり」が生じて、それは日本人の心を活性化する善人となるのだ。

「もどり」の話がよかったのか、話の後でお聞きした文化ボランティアの報告も実に生き生きしていたし、休憩時間にはたくさんの方——香川のみならず四国全体から来られた人たち——から、それぞれの地方の活発な文化活動についてお聞きすることができた。

わずか2日間だが充実した経験で、文化芸術懇談会を開いてよかったと思った。

たましいの風景

4月23日は「子ども読書の日」である。そのための特別番組ということで、NHKラジオの「ラジオいきいき倶楽部」というのに出演。2時間近く、アナウンサーの村上信夫さんと「子ども読書」について話し合った。

そのなかで「子どもの本」というのは、子どものための本ではなく、子どもの目を通して見た世界が描かれているものだと言った。大人のように常識によって曇らされた目ではなく、子どもの澄んだ目で見ると、「たましい」の真実が見えてくる。とはいうものの、「たましい」とはいったい何だろう。

この番組では、放送中に聞いている人たちからファクスによるお便りが寄せられ、全部で147

通もてうれしかったが、そのなかでバーネットの『秘密の花園』が印象的だったというのが何通かあった。古典的な名作でお読みの方も多いだろう。孤独な少女の心を、だれも知らない「秘密の花園」が癒やしてくれる。この花園を「たましい」のことと考えてみてはどうだろう。

普段はそんなものの存在などだれも気にかけない。そんなことにお構いなく人間世界のことは進んでゆくし、「そんなものはない」と言う人もあるし、「それでいくら儲かるの」と言う人もあるだろう。

しかし、それがあることを知った人は深く心が癒やされ、弱い人たちも慰められる。そのような「秘密の花園」を「たましい」の表れと見ると、ピッタリではなかろうか。

それはお金に換算できないし、数量で表すこともできない。しかし、すべての少年少女たちの世界の奥深くに「秘密の花園」――たましい――があると考えると、われわれ大人にも、それまでとはまったく異なる風景が見えてくる。

たましいの風景といえば、私は最近『ナバホへの旅　たましいの風景』（朝日新聞社）という書物を上梓した。いったいどうしてアメリカ先住民たちのところを訪ねてゆくのか。これも既に述べた「子ども読書の日」のことと同様である。

ナバホの人たちはアメリカのなかにあって、近代文明による繁栄の道ではなく、あくまで自然に密着した生活を続けている。

「弱い」といえば、現代社会のなかで、子どもと同様にきわめて「弱い」といえるだろう。しかし、いや、だからこそ、「強い」人たちには絶対に見えることのない「たましいの風景」を、彼らは見ているのではなかろうか。

ナバホの文化を守ろうとしている小学校の先生が子どもたちに「ナバホであるというのはどういうことか」と質問し、答えられない子どもたちを連れて谷へ行き、「ナバホであるとは、この谷でとれるものを食べることだ」と言い、そこに生えている植物について、名前を教え、どれが食べられるのか、どれが薬草なのかなどを細かく教えた、という話は印象的である。その谷はナバホにとって「秘密の花園」であり、そこに「たましいの風景」が見えてくるのである。

現代社会を生き抜いてゆくためには、お金も大切、効率も大切である。しかし、そこで勝つ強さだけを追い求めるのではなく、弱いと見なされる子どもや、アメリカ先住民たちの「目」で「たましいの風景」を見ることを知ってこそ、生活はより豊かなものになるのである。

出雲の旅

連休を利用して出雲を旅してきた。今年は私のこれまでの仕事の集大成ともいえる、日本神話に関する書物を書こうと思っている。そのためにも、前々から一度、出雲を訪ねたいと思っていた。出雲大社はこれまで何度かお参りをしたが、出雲の神々の社を多く訪ね、イマジネーションをふくらませようとしたのである。

日本神話の研究といっても、それを歴史的事実と照合してみたり、それがどこの文化から伝播してきたのかを調べたりするのではなく、私の場合は、このような神話をもってきた日本人の「心」について考えようというのである。

日本神話の全体としての特徴は、「均衡」ということであろう。ふたつの対立する力のどちらかが勝ち、どちらかが敗れる、というのではなく、ふたつの力が均衡し共存する。これは世界の神話のなかでも珍しいと言ってよく、示唆するところの大きいことである。

そのような特徴がよく表れているひとつの話として、国譲りの神話がある。高天原の神、アマテラスの子孫と、出雲の神、オオクニヌシが戦うのではなく、後者は前者に国を譲るのだ。その際の条件として、オオクニヌシは巨大な神殿に祀られることになる。

周知のように、最近、出雲大社から実に偉大な柱の根が発掘され話題となった。神話に語られていたことがここに反映されている。この柱は、今は保存修理のため文化財研究所に委託されていて見ることはできなかったが、その場所の印は見ることができた。48メートルという、当時としては想像を絶するような高さの柱が、ここに聳《そび》えていたのである。

いろいろとイメージを心に浮かべながら神社を訪問するのは、実に楽しい。今回は、出雲大社をはじめとして、日御碕《ひのみさき》神社、八重垣神社、神魂《かもす》神社、熊野大社、佐太《さだ》神社、美保神社を訪ねてきた。それぞれ詳しく説明をお聞きしたので、社のつくりや全体のたたずまいにも関心が向き、それがいろいろと神話の世界へとつながってくる。静かにその場にいるだけで、神々の世界が心に浮かんでくる。

「均衡」という点でいえば、最初は出雲系の神のみを祀っていたと思われる社に、高天原系が合祀されているのが興味深い。この取り合わせを詳細に調べると意味あることが浮かんでくるかもしれない。

私が特に興味をひかれたのは美保神社で、ここの祭神は事代主命《ことしろぬしのみこと》、美穂津姫命《みほつひめのみこと》となっているが、前者はいつの間にか「恵比須神」といわれ、今日まで信仰されている。私は日本神話のなかで葦《あし》舟に入れて流されたヒルコを、日本的「均衡」に収まらなかった神として注目している。ヒルコはオオヒルメと呼ばれるアマテラスに対する、男性の太陽神ではないかと思う。そのヒルコが恵比須神になったという信仰が一般にあるのだが、美保では、出雲系の神、オオクニヌシの子コトシロヌシが恵比須と考えられている。この結びつきをどう考えるか。

このあたりを詳しく調べたいと思っても、古文書が焼失したりしていて何ともならない。しかし、このようにして出雲を旅しながら、各神社のことをお聞きしていると、古代の日本人の心の在り方が伝わってくるように感じるとともに、それは現代にもつながっていると思う。出雲という場全体がもつ不思議な力が作用するのだろう。

愛してます

今年はワールドカップのこともあって、日韓国民交流年であり、韓国との文化交流の行事が次々とありうれしいことである。その一環として韓国のソウルで「日本美術名品展」が開かれ、その開会式に参加するために韓国を訪問した。

国宝17件、重要文化財72件を含む展示で、これだけのものは日本でもなかなか見られない。これについて興味ある話題も多いが、今回はまったく別のことについて述べる。

日本の駐韓国大使である寺田輝介氏から、今回文化庁より出張した者が招待された。そこには韓国の文化人も参加され、そのなかに、金容雲《キムヨンウン》放送文化振興会（ＭＢＣ放送）理事長がおられた。金さんは、私が国際日本文化研究センターの教授だったとき、客員教授として来られ、日韓の文化比較に深い関心を持ち、われわれはよく話し合った仲なのである。

　金さんがおられたこともあって、一同は日韓の文化比較について相当つっ込んだ議論ができおもしろかった。

　青少年の問題、少子化のことなども話題になったが、冗談まじりに、

「日本に起こる問題は少し遅れて韓国でも必ず起こってきます」

　と言われた。

　若い女性があまり結婚しない傾向も、日本ほどではないが強くなっているらしい。

　日本と韓国の若者が最近、お互いの交流を深めているのはうれしいということから、韓国の若者たちが日本映画を観て、その影響もあってか、日本語で、

「お元気ですか」

　と言うのがはやったり、

「愛してます！」

　とあいさつ代わりに言ったりする、という話になった。日本の某高官が韓国の女子大を訪問したら、女子大生たちから、

「愛してます！」

　と言われ、大いに驚いたという話には、一同大笑いした。

　そこで、金さんが、日本では恋人同士でも「愛してます」などと言わない、日本人は直接的表

現を嫌うので、もし恋人に「愛しています」などと言うと、むしろ本気でないと思われる、しかし、韓国人は直接的な表現を好むので、はっきりと言うのだ、と述べると、これには日本側から反論があって、

「今の若者なら言うのではないか」

とのこと。

「今の若者でも、ほんとうに愛しているときは、もっと違う表現をするのでは」

と再反論があって、カンカンガクガク。ところが、参加者全員、「若者」ではないので、雑談の域を出ない。

これを聞いているうちに、「愛している」と言うのか言わないのか、という問題を超えて、現代は、男女が互いに「愛する」ということの意味が不明確になってきているという点に大きな問題があるのではないか、と私は思った。

これはなにも、昔のほうがよくわかっていた、ということではない。どのような表現をするにしろ、「愛する」ことについての共通イメージがあり、それは結婚に結びついていった。しかし、日本でも韓国でも、現在の若者にとってはそれはあいまいになり、結婚にそれほどの価値を見いだせなくなっているのではないだろうか。文化比較が思いがけない方向に発展したが、他国の人たちと親しく話し合うのは楽しいことである。

さなぎの内と外

文化庁の仕事の合間を縫って、時に臨床心理関係の研修会などに参加することがある。最近はスクールカウンセラーの研修会に参加して、非行少年がだんだんと立ち直っていく経過を聞かせていただいた。こんな会に出ると、古巣に戻ったようで、ほっとする。

スクールカウンセラーは、もともと、学校内における不登校やいじめの増加に伴い、子どもたちの心の相談を、というわけで配置され成果を上げてきた。そのこともあって最近は非行の場合も学校から相談されることが増えてきた。

一方では、カウンセラーは「心」のことなら相談できるが、非行のような場合は対応できないと言う人もある。これに対して私は次のように考えている。

以前からよく言っていることだが、思春期は、毛虫が蝶になる前に「さなぎ」になるようなものである。外から見ると何もしていないように見えるが、そのなかでは大変革が起こっている。思春期の子どもたちは、自分の内部で起こっている大変革がどんなことか、自分にもわからない。したがって、どうしても無口になるし、内に閉じ込もるようになる。このような子はよく不登校になる。

これに対して内部で起こる大変革が外に漏れ出してしまったような場合は、非行になる。この場合も、子どもたちは本当のところ、自分がなぜそんなことをするのかわからないのだ。ともかく、何かをやらかさない限り、心が落ち着かないのだ。

このようなことがよく理解できると、不登校やひきこもりの子に会うのも、非行の子どもに会うのも根本は同じである。

「今はどんな状態にあるにしろ、そこを通り抜けるとちゃんと大人になれるのだから、その間はこちらもつきあうよ」

という覚悟をもって、正面からしっかり会うと大丈夫なのだ。

もちろん、非行少年の場合は、相談室に来て話し合おうとしても、できるはずはない。しかし、いつどこで会おうと前記のような姿勢をこちらが崩さなかったら、暴れたり怒鳴ったりしている子もだんだん変わってくる。なかには、自分で相談室に来て、ちゃんと話し合いをするようになる子もいる。

とはいっても、非行少年については一種のタイミングがあって、彼らが集団でいきり立っているときは、なかなか難しい。このあたりはやはり場数を踏まないと、習得できないところもあるが、根本姿勢に変わりはない。

非行少年には女性が向かってはいけないのでは、と思う人もあろうが、ここに述べた基本姿勢ができていると男女は関係ない。ここで発表をしたカウンセラーも女性であった。

ここではカウンセラーのこととして述べたが、根本的には親でも教師でも同じことである。思春期というのは、「さなぎ」の時期として、何らかの「荒れ」を体験するのは当然のことである。そのときに「さなぎ」を守る者としての大人が、しっかりと逃げることなく正面から会うことが大切なのだ。それを避けて、子どもに「悪」とか「異常」のレッテル張りをするだけでは、子どもがよりおかしくなるのを助長するだけである。

保存と破壊

文化庁の仕事のひとつとして、文化財の保存ということがある。そのためもあって、全国の博物館、美術館とは密接な関係がある。

奈良国立博物館で開催中の特別展「大仏開眼1250年　東大寺のすべて」を観てきた。大仏開眼以来1250年の期間と、2度の兵火をこうむっているというのに、相当な文化財が保存されていて、展示品の質量ともに豪華なことに心を打たれる。

あの有名な日光菩薩、月光《がっこう》菩薩の立像を見たとき、なんともいえぬ不思議な感じを受けた。薄暗いお堂のなかでの菩薩像は「拝観」というとおり、やはり「拝む」対象として意識されるが、ここでは光――といってもそれほど強くはないのだが――のなかで姿をそのまま露呈して、「美術品」という感じがするのだ。

美術品としてもすごいもので、そのうえ、背面など見たことがなかったのに、あちらこちらから眺められる。そのうちにおのずと手を合わせたくなるような感情も湧いてくる。なんとも不思議な体験であった。

鷲塚泰光館長の説明つきで見るので、細部のこともわかって興味はつきない。仏教全般のことは私は不勉強だが、華厳経についてだけは、明恵上人《みようえしようにん》『夢記《ゆめのき》』を研究するときに少しはかじったので、華厳に関することは特におもしろい。盧舎那《るしやな》仏像のなかには、その仏身上に極楽も地獄も描かれていて、まさに世界そのものが表現されている。

私はいろいろな方と一対一で話し合う仕事をしてきたなかから、ひとりの人間はすなわち「世界」であるとか、子どもの心のなかに「宇宙」があるなどと言ってきたが、これらはまさにそのとおりの表現だとも思う。

よくもこれだけのものを保存し続けたものと思いつつ、大仏ということの連想から、私はバーミヤンの大仏のことを考えていた。あれは大変な破壊だったなどと思っていると、鷲塚館長が資料のうちには散逸したものがあると説明されたなかで、

「日本も廃仏毀釈のときは、相当にひどいことをしたようで……」

と言われる。

これを聞いて私は本当に、どきっとした。文化財の破壊ということで、他国だけを責めてはお

られないのだ。

　こんなことを考え始めると、展示品を見ながらほかのことにも心がはたらき始める。バーミヤンの大仏の破壊は、だれしもよしとはしないだろう。せっかくの文化財の破壊を惜しいと思うに違いない。

　しかし、日本でも現在進行形で、自らの「文化破壊」をしていると言えないだろうか。展覧会に陳列されているような「文化財」を保存するのは、それ自体明確なことである。

　しかし、「文化」はそれほど明確に目に見えるものではない。日本人が伝統的にもってきた「文化」は、たとえば「日本語」にしても、日本人によって急激に破壊されている。これでいいのだろうか。

　これは難問である。文化財は保存すべきである。しかし、「文化」や「伝統」は生きものである。生きものは変化し続けるところに意味がある。それを下手に「保存」しようとすると、命を絶つことにならないだろうか。

　古い仏像に囲まれたなかで、私は現在の日本の文化について考え込んでしまった。

年齢を括弧に入れる

先日、私がフルートを習っている水越典子先生のおさらい会があって出席した。アンサンブルもあるので、総勢40人の門下生が出演した。「序二段」から「横綱」まで順番に、という感じだが、私はなんとか「幕内」にとどまっている。もちろん、最高齢者である。

好きな曲で一度は吹いてみたい、と思ってはいても、

「この年では駄目だろう」

と思いがちになる。

そう思いながらちょっとトライしても、やはり駄目である。そのうち、最初から「この年で」と思うところに問題があると気づいた。

そんなこと気にせずに、ともかくやってみてはどうだろう。それで駄目だったらやはり駄目なわけで、それも年齢のみではなく、才能や練習量や、そのほかもろもろの原因があってのことだろう。

そこで思いついたのが、

「年齢を括弧に入れる」

ということである。これは「年齢を忘れて」というのとは異なる。何のかのと言っても、70代は70代。50や60とは違うのだ。まして、若者とはまったく異なる。だからこそいいところだってあるわけで、そう簡単に忘れられるものではない。時には簡単に「年齢を忘れて」「若者に負けずに」頑張る方もおられて、尊敬すべきだと思うが、案外、周囲に迷惑がられているように思う。

年齢を括弧に入れる、というのは、年齢を忘れているわけではないが、ともかくそれはそれとしてやってみようというのである。それに、人間というのはおもしろいもので、高齢の男性でも、心の奥底には、子ども心、若者心、それに女心まで存在しているのだ。音楽でいえば、主旋律は老人男性だが、それを彩る助奏や伴奏には、若者、子ども、女性、もろもろのものがある。それらすべてによって、ひとりの人間をつくっている。

年齢や性にこだわる人は単調になる。主旋律以外の音が聞こえてこない。年齢を忘れる人は、低音が大きすぎて旋律を消してしまうようなものだ。年齢を括弧に入れて、時にははずしてみたり、括弧の囲みを強くしたり、弱くしたりすることで、人生はだいぶ豊かになる。

というわけで、73歳の年齢を括弧に入れて、少し難しい曲に挑戦してみた。すると、

「もう年だから」

と思ってあきらめかかっていたのに、けっこう指も動き始めるのだ。おそらく練習するときの態度が違ってくるのだろう。これまでならあきらめてしまうところでも、やる気が起こる。といっても、年齢不相応にシャカリキになるのではない。時には、

「やっぱり年かな」

と思ったりするが、それもまたよからずや、という気になる。

こんな練習の果てに、とうとう本番の壇上に立った。演奏は、やっぱり完璧にはできなかったが、自分では満足できる程度だった。水越先生には、

「今回は前よりはスケールが大きくなった。この調子だとまだまだ進歩するのでは」

と言っていただいた。最初から年齢にこだわっているのとは異なる、吹っ切れたところがあるのだろう。

年齢を括弧に入れるのは、高齢者のみならず、若い人にも言えることだろう。括弧に入れたりはずしたりで、生活が豊かになるように思われる。

運命の和音

古くて新しいもの、それはいろいろあろうが、私は「運命」ということを考える。古い時代ならいざ知らず、現在のこの新しい時代に「運命」など、という人もあるかもしれない。しかし、運命は現在の問題でもある。

２００1年9月11日の事件のとき、ひとつのビルが破壊され、もうひとつのビルの高層部から必死で下まで逃れてきた人があった。そのとき救助に駆けつけた消防隊員が、破壊されたビルの倒壊の危険があるので、むしろビルの上のほうが安全だという。その人はその助言に従い、再びもとの上のほうに上ってゆき、そのときに2機目がビルに衝突、命を失った。

このことを知ったとき、私は胸がしめつけられるように感じ、いまだにそれが忘れられない。

善意で忠告した消防隊員は、2機目が突っ込んでくるなどとは、とうてい予想できなかった。すべては運命というほかはない。

今ごろ何をと言われそうだが、このように「運命」について考えさせられるのは、実は最近、蜷川幸雄演出のギリシャ悲劇「オイディプス王」の東京公演を観たからである。

オイディプスの両親は、息子が生まれてくるとき、

「父親を殺し、母親と結婚する」

という運命を背負っていることを神託によって知り、それを避けるため努力をする。オイディプスも成人したとき、自分の運命を知り、それを避けようと必死の努力をする。ところが、それらの努力が裏目裏目に重なり合い、オイディプスは、自分は何も知らないままに、その運命に巻き込まれる。

劇は、何も知らず幸福に暮らしていたオイディプスが、自分の過酷な運命について、次々と思い知らされる過程を描き、人間というものが、その意志や努力にかかわらず、ただ運命に従って生きるより仕方のないことを、見る者の体に染み込むように感じさせる。

古くて新しい、といえば、この劇の音楽が雅楽の東儀秀樹によってなされたことで、ますますその思いを強くさせられた。雅楽は古い歴史を持つ。ルーツを探ってゆけば、この劇の生まれたころにまで届くだろう。そして、それはまた「新しい」ものとしても演奏されることは、東儀秀樹の音楽を聴いた人は知っているだろう。

幕が開いてしばらくして、「コロス」（舞唱隊）の人たちが、笙《しょう》を鳴らして登場してくるところは、震えるような感動を覚えた。笙の和音は微妙に協和し不協和し、なんとも不思議な音を漂わせる。これはもちろん、オイディプスの運命を予感させるものだが、私は、まさに現代の地球を覆っている和音であると感じた。

現在は科学技術の発展によって、人間は極めて便利で快適な生活を享受できる。自分の意志と努力によって相当なことが可能になる。にもかかわらず、運命によって不幸に陥る人も多くある。私のような心理療法家は運命の力の強さを感じさせられることが多いが、自分の運命を引き受けて生きる人の姿に輝きを感じさせられる体験もする。

自分の意志や努力を大切にして生きるのは素晴らしいが、運命の力を感じ取りつつ生きることによって、笙の微妙な和音のように、人生の味が深くなるように思うのである。

カッパ先生の思い出

1952（昭和27）年、私は京都大学の数学科を卒業し、奈良育英学園という、中学・高校併設の学校の教師になった。高校教師になるのが私の念願だったので、大喜びで大いに張り切って就任した。新聞を読む暇もないほどに教えることに熱中した。

そのときの先輩の数学教師で、ずいぶん親しくしてもらい、その後もつきあいのあった寺前弘之助先生が先日、亡くなった。

私は東京に単身赴任のためもあって連絡がうまく取れず、訃報《ふほう》に接するのが遅く、葬儀の行われたのも知らなかった。そんなわけで、一人でいろいろと思い出しているうちに、せめてその一端をここに記すことで、弔いの気持ちを表したいと思った。

寺前さんは、頭髪の形がオカッパ気味だったところから、カッパさんというニックネームがあり、生徒も同僚の教師も敬愛の気持ちを込めてそう呼んでいた。このことからもわかるとおり、彼はどこか俗世界を離れたところがあり、しかも、だれからも親しまれる人であった。

あるとき、カッパ先生はある男の生徒が、机の蓋の裏に小刀で彫り込みの落書きをしているのを見つけた。落書きをする生徒はいたが、机に彫り込まれたものは消しようがなく、現在の生徒とは比較にならないだろうが、当時の感覚からすれば、これは相当な「ワル」であった。

カッパ先生はすぐにその生徒に、

「放課後、職員室に来い」

と叫んだ。彼が職員室に来てみると、そこには彫刻刀と、木版のための板がふたそろい準備してあった。

「さっき見たけど、おまえの刀の切れ味は相当なものや、おれも趣味でこんなことをやっているけど、おまえには負けるかもしれん。ともかく一緒にやろうや」

というわけで、カッパ先生とその生徒はふたり並んで木版を彫ることになった。といってもすぐには完成しない。

「これから、ちょいちょい続きを彫りに来いや」

というわけで、ふたりは放課後に木版彫りに熱中した。

カッパさんは説教はおろか、ほとんど話をしなかった。ただ、彼の作品の出来栄えに感心したり、感想を述べたりするだけだった。こうして、その生徒の生活態度はよくなっていった。

このことは、私にとって極めて印象深いことだった。私は確かに熱心極まりない教師であった。しかし、それは時に空転するのだ。たとえば、私が生徒の落書きを見たとすると、大きい声でしかったかもしれない。あるいは、職員室で長々と無益な説教をしたことだろう。

上から下へ教え込もうとして、エネルギーを注ぐのではなく、カッパ先生のやり方は、先生と生徒が肩を並べて、仕事に熱中するのだ。そこには、表面的には関係がないようで、はるかに深い関係ができあがっている。そして、その深い関係を支えとして、生徒は自分の力で立ち直ってゆくのである。

その生徒は、カッパ先生の道具の扱い方、彫り進んでゆくその態度などから、無言のうちに、生きることの姿勢を学び取ったことだろう。

カッパ先生をしのんでのこの一文から、現在の学校の先生方が、何かのヒントを得てくださるとありがたいと思う。

良いところ、悪いところ

先日、京都の西陣中央小学校で、6年生に道徳教育の授業をしてきた。道徳ということを、子どもの自主的判断を尊重しつつ大人も一緒に考えよう、こんな趣旨で、従来の教科書や副読本などと異なる、「心のノート」という教材を文部科学省が最近、各学校に配布した。実は、私はこの作成にだいぶかかわったので、その責任上、一度自分が使って授業をしてみたいと思っていた。その念願がかなったわけである。

「心のノート」5・6年生用の「自分を見つけ　みがきをかけよう」というところを教材に使った。まず「自分のいいところ」を見つけようということになった。

「自分のいいところをひとつ書いて」

と言うと、なかにはすぐに書けずに思案している子がいる。そこでふと思いついて、その子に立ってもらい、

「××さんのいいところ、だれか言える人」

と言うと、即座に数人の手が挙がり、

「××さんはやさしくて……」

と言ってくれる。

これはおもしろいと、同じことを次々にすると、どんどん手が挙がるし、言われた子は実にうれしそうにしている。その間に、私も29人の子どもたちの名前や印象などを心に刻むことができた。

ここで少し難しいことだけど、と前置きして、

「『友達がいっぱい』というのはいいことだけど、その反対の『友達が少ない』のは悪いこと?」

と問いかけると、次々に手が挙がり、

「友達づくりのきっかけがないだけ」

「ひとり大切な人がいればいい」

などと反応がある。

私は、この子どもたちの発想の自由さ、それを語るときの生き生きとした目に感心してしまっ

た。

次に、「だれにでも親切」の反対、「だれにでも不親切」はどうだろうと考える。「いいところ」といっても、その反対が悪いとは言えないのと、言えるのとがある、ということになってくる。

「悪いところ」の話になったとき、

「やるべきことを後にのばして、最後にやるくせがある」

という子がいた。これにはすぐ反論があり、

「夏休みの宿題でも、最初のうちは楽しく遊び、終わりの2日ほどでパッとやるほうがいいと思う」

という子。

私が感心していると、

「いや、それなら、最初の2日にやってしまって、あとはゆっくりと遊ぶほうがいい」

「そんなのはだめで、やっぱり毎日、少しずつするのがいちばんだと思う」

などと各人が意見を述べ、実ににぎやかになる。こんなときの子どもたちは、実にのびのびとしている。

「みんなよく意見を言ってくれてありがとう。ここで大切なことは、人はそれぞれ違う、そのなかで、自分という人間は良いところも悪いところもひっくるめて世界にひとりしかいない、とい

うことではないでしょうか」

こう言って私は、自分という存在が、この世に唯一のかけがえのないものだと納得してもらった。子どもたちとともに自由に考えることができて本当に楽しい1時間だった。

こころとからだ

近代西洋は、こころとからだをはっきりと区別することによって医学を発展させてきたが、最近は、この両者の微妙な関係をどう考えるかで、医学、心理学、哲学など、どの学問でも新しい地平を開こうと努力している。

「からだ」といっても、近代医学で扱うように、外から客観的に検査したり、手術したりできる身体と、各人が「私のからだ」として、心のなかにもっているイメージとがある。例えば、手術で片足を切断された人でも、ふとないはずの足の痛みを感じたり、夢のなかでは、両足健全で歩いていたりする。

「夢のなかのからだ」は、本当に不思議である。空を飛んだり、時には動物に変身したりさえする。私はこの「からだ」こそ、こころと深く関係するものと考え、研究しているが、最近、このことを如実に感じさせられることがあった。しかし、それは学問の世界ではなく、芸術の世界でのことであった。

私は鎌倉時代の僧、明恵《みょうえ》の書き留めた夢の記録『夢記《ゆめのき》』を解釈して、『明恵　夢を生きる』（京都松柏社）を1987年に出版した。この書物に刺激を受けて、日本舞踊家の西川千麗《せんれい》さんが、「阿留辺畿夜宇和」という作品を創作した。

拙著はすでに英独訳されているし、千麗さんの舞を海外で紹介できればと、かねがね思っていたが、ポーランドでの公演を経て、来年はスイス、ドイツで公演されるめどが立ったので、それに備える意味もあって、去る7月6日（2002年）に京都で公演された。

明恵の夢体験における「からだ」の変遷は実に興味深く、そして、深い宗教性を感じさせる。最後は、明恵は夢のなかで天上に昇り、「身心凝然として、在るが如く、亡きが如し」という境地に達する。こころもからだもひとつとなり、存在も感じられぬほどの透明なものになる。ひたすら禅定《ぜんじょう》を続けた彼の宗教体験の究極の姿を示すものともいえる。

このような透明体に至るまでに、明恵を鍛えあげたものに「性」ということがあった。性はまさにこころとからだをつなぐものである（もっとも、最近は性がからだのほうに傾きすぎて、こころを隔てる結果になったりする）。

明恵は当時の仏僧が平気で戒律を破る状況のなかで、ひたすら戒を守る。しかし、女性にしたわれるし、彼も女性に強く惹かれるのだ。そのなかで、明恵は戒を守り抜くとともに、「夢のからだ」は、女性との結合へと向かい、その体験を経ての透明体への到達がある。

このようなことを言語で表現するのは、ほとんど不可能だと思っていたら、千麗さんは、それを「舞」とそれに伴う音楽とによって、わずか1時間の間に、観客の間に伝えるのだ。からだのもつ表現力の強さと深さ、音というものが心の深みに訴えてくる力などを痛感し、このような非言語的な表現が、いかにこころとからだのつながりを実感させるかを味わうことができた。

邦楽器と洋楽器の組み合わせによる音楽も、このテーマにふさわしい高い統合性を感じさせる効果をあげていた。

千麗さんの舞が、ヨーロッパの人たちに理解されると、日本文化の紹介だけではなく、人間の今後の生き方という点においても、訴えるところがあるだろう。

モゴモゴ語

日本の神話について書物を書くので、日本のはもちろん、世界の神話をよく読んでいる。「世界のはじまり」は、いったいどうだったのか、各文化によって、ずいぶんと異なる物語がある。神の力で世界がつくられるのもあるし、混沌としてわけのわからぬところから、天と地が分かれてというのもある。

そんな古くさい話のどこがおもしろいか、と言われそうだが、私のように人間の悩みや人生についての相談を受けている者にとっては、ともかく人生において「はじまり」と考えられることは、実に多く、それは重要なことなので、それを考えるうえで大いに参考になるのである。

『古事記』を読むと、日本の国土を生み出すのは、イザナキ、イザナミという夫婦の神なのであるが、話の最初からこの神々が登場するのではなく、神世《かみよ》七代《ななよ》と呼ばれる神々がそれに先行する。はじめの部分は略すとして、「クニノトコタチノカミ」「トヨクモノノカミ」「ウヒジニノカミ」「スヒジニノカミ」という調子で、なんだか舌を嚙みそうな名前が長々と続く。しかも、これらの神々はその後の話にはまったく登場しないのだから、こんなのを長々と言わなくとも、「イザナキ、イザナミ」から始めたらいいのに、と思ってしまう。

しかし、思い直してこの神話の名前を順番に読んでゆくと、はっと気がついたことがあった。つまり、ものごとの「はじまり」というのはすべてこんなことではないか、というわけである。たとえば、赤ちゃんが初めて「あーちゃん」とか「ウマウマ」とか、言葉としてわかること（これを「初語」と呼ぶが）を言う以前に、「モゴモゴ」と何やらわけのわからぬ言葉を言うのは、だれしも知っていることである。この意味不明のモゴモゴのところなしで、初めから言葉を言う子はいない。

このように考えると、この「はじまり」の前のモゴモゴのところは、実に大切ではないかと思えてくる。

たとえば、高校生のカウンセリングのとき、「べつに……」「やっぱ……私《わたし》的には……とか思ったりして……」などと、なんだか意味不明のような言葉が続くが、これも「はじまり」の前のモゴモゴ語と思って耳を傾けていると、そのうちに「イザナキ、イザナミ」に匹敵するような大切な話が出てくるのである。このモゴモゴのあたりでこちらが焦ってしまうと、関係が「切れ」て、せっかくのものが出てこない。

あるいは、何か新しいアイデアが生まれてくるときも、やはり「世界のはじまり」と考えていいだろう。「これだ！」という着想以前に、やはり相当なモゴモゴ語による、思索とも呼べないような不思議な状態が続くのではなかろうか。いわば、言語以前の言語で考えるような感じであり、その後で「イザナキ、イザナミ」の登場！　ということになる。

就職、結婚など人生の「はじまり」のとき、多くの人は、悩み苦しみという形で、このモゴモゴを経験する。

それにしても、このような状態を神話はうまくとらえたものだと感心する。実はこの原稿のアイデアを思いつく前にもモゴモゴ状態を経験したが、私は神々の名前を記録することはできなかった。

「明るく元気に」病

愉快な仲間が集まって飲みながらの雑談、放談。こんな楽しいものはなく、私は大好きである。そのうちに、ある人が幼稚園時代の思い出話をはじめた。昔のこととして皆笑いながら聞いたが、悲しい話であった。私はたくさんの人に知ってほしい話と思ったので、許可を得て、その話を書きとめることにした。その子の名をSちゃんと呼ぶことにする。Sちゃんはおとなしい男の子である。

Sちゃんは幼稚園に行くようになって、だいぶたったころ、大切な発見をした。隣の教室で、ある女の子の読んでいる絵本が実に素晴らしいのだ。どうもそれはシンデレラのお話のようである。Sちゃんはなんとかして、自分も読みたいと思う。しかし、隣の教室に入っていって、それを読むことなど、おとなしいSちゃんには絶対にできない。まして、先生に言って借りてもらうことなど、とうていできない。

Sちゃんは辛抱しながらも、何かよい機会はないかと狙っていた。ところが、そのチャンスが思いがけなくやってきた。台風が来たとかで登園する子が意外に少なく、全部でも10人足らずくらいだった。隣の教室には少ししか園児がいない。

今だと思ったSちゃんは隣の教室に入り、目的のシンデレラを見つけ、絵本を読みはじめた。Sちゃんにすれば、やっと恋人に巡り合えたほどの心境だったろう。

ところが、そこに先生の大きい声が聞こえてきた。

「みんな、せっかく来たのだから、明るく元気に一緒に遊びましょう！」

先生にすれば、せっかく小人数の子だけが来ているのだから、先生も一緒に楽しく遊ぶとどんなにいいだろうと思われたのだろう。

先生は子どもたちをうながして、遊戯室で一緒に手をつないで歌でも歌おう、というわけだが、Sちゃんはせっかくのシンデレラにかじりついている。

「Sちゃん、そんな怖い顔してひとりで絵本など見てないで、みんなと一緒に明るく元気に遊びましょう」と誘われる。悲しいことにSちゃんは「僕はこの本を読みたい」とは言えない。心を残しながら、ほかの子と一緒に先生に手を引かれてゆき、そこで悲しい思いをしながら、手をつないで歌を歌ったりした。このときの残念さは、大人になっても忘れることはできない、というのである。

先生も親も、どうして子どもはいつも「明るく元気に」していなくてはならない、と思うのだろう。これはほとんど病気といえるほどではないかということが話題になった。大人の「明るく元気に」病のおかげで、悲しい目や苦しい目にあった子どもは多いのではなかろうか。

大人というよりは、日本人の、と言ったほうがいいだろうけれど、「みんな一緒に」というのも病気に近いのではなかろうか。「みんな一緒に遊びましょう」と言う限り、ひとりだけ本を読んでいることは、どんなにそれを願っていてもなかなか許されないのだ。

子ども時代のことなので、悲しい話も笑いながらのことだった。しかし、私はそこにいる連中が、そして私もともに、みんなで明るく元気に高齢者のホームで歌ったり踊ったりさせられる日も近いのでは、などと考えていた。

中高年の自殺

最近、警察庁から発表された統計によると、わが国では相変わらず自殺者が多く、２００１年の1年間で3万１０４２人。交通事故による死亡者が1万人足らずなので、いかに多いかがわかるだろう。そのなかで目立つのは中高年の自殺者の多さである。

20歳代３０９５人に対して50歳代７８８３人と、圧倒的に後者が多い。１９９1年の統計を見ると、20歳代が２２１５人、50歳代が４４２３人だから、50歳代の自殺の増加は著しいものがある。

ある50歳代のビジネスマンが仕事が嫌になり、気分が沈んで死にたいとさえ思うようになった。もともと実力のある人で、そこを見込まれて海外勤務になったのだが、ビジネスはうまくゆくし、英語も上手だし、と安心していたのに、抑鬱症になってしまったのだ。

彼がいちばんユーウツなのは直接に仕事のことではなかった。仕事の後の会食やパーティーで参ってしまったのだ。というのも、彼は仕事一途できた人だから、そのときの話題に困ってしまうのである。芸術、文化に関する話題が実に豊富な外国のビジネスマンに、まったくついていけない。

時には、あちらの美しい女性に、「日本文化は素晴らしいですね」と『源氏物語』のことを語りかけられても、彼はそんなのは読んだこともない。恥ずかしい思いをしながら引き下がるより仕方がない。こんな話題についてゆけぬ彼としては、人間としての価値が低いと思われたように感じられ、果てはビジネスのときの話し合いまで嫌になってきたのだ。

これはひとつの具体例だが、もう少し一般化すると、50歳代には自分の地位や仕事の内容などが相当に変化することが多い。ところが、それまで仕事一途で、いわゆる律義にやってきた人は、その変化にサッと対応することができない。

あるいは、自分が行きづまってきた、と思ったときに、それを異なる視点で見るだけの余裕がないのである。行きづまったら少し方向を変えてみるといいのだが、行きづまったところに向かってひたすら進もうとするので、ますます行きづまってしまうのである。

仕事人間、会社人間が頑張って日本の経済をもり立てていた時代はもう終わったのだ。個々の人間が、仕事を大切にするのはもちろんだが、もっと豊かな人間性を持つことを考えないと、頑張って頑張って墓穴を掘っているようなことになってしまう。

子どもたちに「生きる力」の大切さとか、「読書のすすめ」などという前に、中高年の人たちに、これらのことを求めるべきではないだろうか。日本の中堅のサラリーマンの読書量は、実に少ないのではないだろうか。彼らは知的にはずいぶん高いはずだ。

サラリーマンだけでなく、その他の職業でも、「仕事」と関係のない文化的なことは、まったく「余計なこと」として無視するような風潮が強かったようだ。

各企業は、中堅社員のための「朝の10分間の読書運動」でも展開してみてはどうだろう。あんがい、中高年の自殺が減少するかもしれない。

こんな冗談事ではなく、日本の中高年の人たちに読書をすすめるよい方法はないかと、私はいま、真剣に考えている。

超・老齢期の「幸福」

超・老齢期などという言葉を、あまり聞かれたことはないだろうが、これは思想家、吉本隆明さんの『幸福論』（青春出版社）に出てくる言葉である。吉本隆明さんと呼ぶのはどうかなと思ったが、何回か対話したこともあって、勝手に親しみを感じて、さんづけで呼ぶことにした。私はいろいろ悩みを持った方の相談を受けているので、「幸福」について考えることが多い。離婚すべきかどうかという相談の場合、離婚したほうが幸福かどうか、と考える。その結果、10年後はどうなるかと考える。難しいことである。いくら考えてもわからないこともある。そんなわけで、吉本さんの『幸福論』が出版されたと知り、期待して読ませていただいた。

この『幸福論』はきわめて体験的で、したがって、吉本さんのいう「超・老齢期」の幸福論なのだが、期待に違わず、読みがいのある本だった。「吉本隆明」と聞くだけで、「難解！」と思う人は多いだろうが、これは実に読みやすく、わかりやすい。

このごろは「高齢者」などと耳ざわりのよい言葉を考え出した人がいるが、昔流の老人は、70歳は古来稀なりというわけで、60歳あたりから「老人」らしかったのと違って、現代の高齢者は元気な人が多い。しかし、と吉本さんはいう。現代は「超・高齢者」がたくさんいて、それが問題なのだ、と。何のかのといっても「老」はやってくる。体のあちこちが痛い。目が見えにくい。耳も聞こえにくい。それに、動けなくなっても「生かされる」。

吉本さんもそうだが、私は高齢者というより「老人」とか「年寄り」とかのほうが好きである。自分の生きている実感として、そちらのほうがピッタリする。

超・老人になって「幸福」を考えるとどうなるか。「一年先のことなんか考えない、考えたって無駄だ」「大きな目標など、たてってはいけない」「『ほどほど運動』のススメ」「家庭内離婚もいいかもしれない」「医者がだめだと言ってもめげなくていい」……。ちょっと目についた、好きな言葉を並べるだけでも、この本の感じが伝わってくるだろう。

「豊かな老年」を生きよう、などと張り切らなくていいのだ。苦しかったら苦しい、楽しかったら楽しい、そう思って暮らしているうちに、「自然に死ぬときが来たら死ねば、それでいいんだ」というわけで、読んでいるうちに肩の力がスーッと抜けてくる感じがする。

哲学者や評論家は、難しいことやできそうもないことをいう人が多いようだが、吉本さんは正直にありのままに超・老人の生活を語り、体験的幸福論を述べてゆく。「当たり前」のことをいっていると思う人があろうが、現在は、当たり前のことを当たり前にしゃべるのが貴重な時代なのだ。

この本を読むと、超・老齢期にある人も、これから迎えようとする人も、だいぶ「気楽」になってほっとするだろう。

「死」とか「老」とかについて抽象的、論理的に考える必要はなく、自然に生きておれば、ということになるのだが、吉本さんは、前者のようなことを相当につきつめてやった人である。そのようなことを経て本書にあるような境地が生じるのか、前者と無関係に後者のような状態に達せるのか。そこが少し疑問である。

ガマンの評価

最近の新聞を読んでいると、衝動的な行為による犯罪が多いことに気づかされる。ストーカーの記事も増えている。女性に交際を強要してつきまとい、最後は殺人にまで及んでしまうこともある。年齢を見ると中年で、昔なら「分別盛り」などと言われる年だが、分別などスッパリと投げ捨ててしまっている。

衝動行為は男性ストーカーだけではない。女性も少しのことの争いで、殺人を犯している。カーッとなってわが子を殺したりするのだから、感情のコントロールが弱いことは明白である。

確かに、人生には腹が立つことがある。時には「殺してやろうかと思った」などと表現することもあるが、実際にはそのような行為はせずに、抑えるのが普通である。

衝動を抑えてガマンする。この「ガマン」について考えてみよう。

私どもの子どものころは、ガマンは非常によいことであった。「よい子だから、ガマンしなさいや」とかよく言われたし、「かしこくしていなさい」ということは、何らかのガマンを伴うものであった。「忍」の一字を人生訓とする人もあった。ガマンは高い評価を得ていた。

しかし、事情はだんだんと変化してきた。人々がガマンばかりしていたのでは、自分が生かされない、と考え始めたのである。あるいは、他人にガマンを強いながら、それを土台にして楽をしている人がいることもわかってきた。家庭のだんらんなどと言って家長が喜んでいても、それは「お嫁さん」のガマンと涙によって支えられているのでは、あまり意味がないと考え始めた。

それにもっと大きく考えても、人間がガマンをするのをやめようとすることによって、文明が発達してきたと言えるのだ。ガマンして長い道を歩くのをやめるために、多くの便利な乗り物が開発されてきた。手にあかぎれをつくって冬にガマンして洗濯するのをやめるため、洗濯機が考案された。それらはどんどんと改善されて、人間はできる限りガマンすることを逃れ、快適な生活をするようになった。

このような流れのなかで、ガマンの価値はだんだん低落していった。極端にいうと、ガマンなどは能力の低い、弱い人のすることだとさえ、考えられるほどになった。

しかし、最初にあげたような例から考えても、人間にはガマンする力が必要なことは明白である。ガマンなどというからいけないので、自分の衝動を抑える、抑制力というほうがいいかもしれない。そこで、そのような抑制力が現在において、著しく低下しているのはなぜかと考えてみる。

昔は、ものがなくカネもなかった。このために、子どもたちは文句なしにガマンを強いられた。そのガマンが大人になって分別する抑制力となっていったのではなかろうか。とすると、われわれはこの、ものが豊かで便利な世の中で、子どもたちにガマンする訓練を怠りすぎ、何でも自分の思いどおりになると思い込んだまま大人になり、抑制力のない成人をつくることになったのではなかろうか。

このあたりで、われわれはガマンの再評価を試み、どのようにして子どもたちにガマンを教えるか、考え直してみてはどうだろう。

不登校児の多様性

最近の報道によると、昨年度（２００１年度）、不登校児が全国で13万人を超えたという。このために、これは日本の教育上の大問題とか、なんとか対策を考えねば、と言う人たちがいる。確かに、不登校児がここまで増えたことについて、われわれがなんとか考えねばならぬことは事実である。しかし、それをいかに、という点では、慎重に考える必要がある。

一時、不登校児に対しては、「登校刺激を与えないよう」というのが金科玉条のように言われたことがあった。これは、学校に行かないというと、すぐに「ズル休み」と決めつけて、「行け、行け」と言う人がかつては多かった。しかし、心の問題を抱えている子の場合は、そのためにかえって傷が深くなり、逆効果を及ぼす場合があるのがわかってきた。

そこで、「むやみに行け、行け、というのはよくない」という専門家の警告がなされたのだ。ところが問題は、これがまるでだれにでも通用する処方箋みたいになってしまって、不登校といえば、どんな場合でも、「登校刺激を与えない」ということになってしまった。これはナンセンスである。

かつて「学校恐怖症」とか「登校拒否症」とか言ったりしていたのは、そのような命名に適合する場合もあったからだが、現在においてはいろいろな要因があって多様だが、ともかく学校に行っていない——身体の病気でなく——というので、「不登校」という名で呼ぶようになった。とすると、不登校全般に通用する「よい方法」などないことはすぐ了解されるだろう。

これは、例えばどのような腹痛にも効く薬などはないことを考えると、よくわかる。「腹が痛い」といっても、放っておくと自然に治るのから、大手術を必要とするものもある。それをひっくるめて通用する「腹痛対策」がある、などと言えばだれも相手にしないだろう。

不登校の場合も、その子どもによって対応の仕方は多様に異なってくる。前に「ガマン」について述べたが、実際、少しぐらい嫌なことがあっても「ガマンして学校へ行く」という態度が身についていなくて、休んでいる子もいる。こんなのに「登校刺激を与えない」などと言って放っておくことはない。さりとて、ある子に「行け」と厳しく言って成功したからといっても、だれに対しても同じ方法でうまくゆくはずはない。

私がこれまでに会った例でも、3年間かかる子もあるし、1回ですぐ登校する子もある。ここで大切なことは、3年間くらい遅れても見事に立ち直って大学も卒業し、立派な社会人になっている例も多いことである。立ち直る可能性のある子に、余計なことをして傷を深くしないことだ。

最近出版された、村上春樹『海辺のカフカ』（新潮社）の主人公は15歳である。これは単純に、15歳の子どものことを描いているなどというのを超えた意味を持つ作品であるが、現代という時代に思春期の子どもの抱える問題の深さを実感させるものである。「不登校児対策」などを簡単に考え出せると思う人は、ぜひこれを読んでほしい。15歳の子どもの心の内面に生じるドラマのすさまじさに驚嘆させられることだろう。われわれはよほどの慎重さと柔軟性をもって子どもに接しなくてはならないのである。

真実を伝える

小樽の絵本・児童文学研究センターで、「児童文学ファンタジー大賞」を出していて、その選考委員をしている。毎年、いくつかのファンタジー作品を読むが、なかなか大賞に値する傑作は出てこない。そんな大作が毎年毎年出てくるはずはないと思うのだが、「ファンタジー」ということについて、誤解している人もいるのではないかと思うことも多い。

ファンタジーというと、ともかく現実離れしている作り話と思う人がいるが、そんな甘いものではない。最近ではそのような類のものが、あんがい受け入れられてよく読まれていて嘆かわしく思うが。

例えば、最近は被虐待児が増えてきたが、このような子に対して、「あなたの親はどんな人」

と聞いても何も答えなかったり、なかには「良い人です」と言う子さえいる。これは、虐待されている自分の状態をうまく言葉で表せなかったり、どうせ言っても通じないだろうと、初めからあきらめていたりするためである。

ここで単に「親は悪い」とか「つらい」とか言ってみたところで、本人が体験している気持ちがそのまま相手に伝わるとは、とうてい思えないのではないだろうか。そのとき、われわれ臨床心理士がこのような子に会って、親のことを言葉によって話し合うのではなく、箱庭でもつくってみませんかと誘ってみる。そうすると、その子は箱庭づくりに熱中するのだが、交通事故のシーンをつくって車が衝突し、人が傷ついたり死んだりするところを何度も繰り返す。

被虐待児の箱庭の作品を日本でも外国でもいろいろと見てきたが、交通事故に限らず、戦争のときもあるし、動物たちの争いの場面もある。それらはいずれもすさまじいもので、見ていてもこちらの胸が痛くなる。そんなのを傍らで見ていると、何も言葉で言わないのに、その子がどれほどつらく苦しい体験をしているかが、じかに伝わってきて、こちらの気持ちもジーンとなってくるのだ。

もちろん、箱庭を1回置いて解決などということはない。毎週置いているうちに痛ましいシーンはだんだんとおさまってゆき、平和な世界が出現してくる。この間に、臨床心理士はずっとそのドラマの進行に付き添ってゆくのだが、このような内界のドラマによって子どもの心が癒やされるのを体験すると、こちらの心まで洗われるように感じる。

ここで非常に大切なことは、そのようなドラマを通じてこそ、子どもは自分の心の痛みの真実を伝えることができるという事実である。「現実について話す」のとは、それは異なっている。おそらく子どもたちは言語化できないと思われる。虐待の現実を語っても、なかなか子どもたちの心は癒やされないだろうし、他人の心を打たないかもしれない。

このような例に接すると、「ファンタジー」の意義が了解される。それは「真実を伝える」最良の方法なのである。こう考えると、ファンタジーの作品を単純に「つくる」などというのではなく、なんといっても伝えたい「真実」があり、それを伝える最良の方法はファンタジーしかないのだ、ということで、そこにファンタジーが自ら展開してくる、というものになるはずである。

死の視点から

高齢化社会になってきたこともあって、〝老い〟についての意見を求められることや、それについて見聞することも多い。いろいろと参考になる意見もあるが、少し残念に思うのは、「いかに生きるのか」という観点のものがほとんどで、へたをすると、老いても元気で生き生きということが強調されすぎのように感じられることである。

最近、ノンフィクション作家の柳田邦男さんと対談したときに、「元気に生き生き」路線を強調しすぎると、なんだか老化したり、死んだりすることが「敗北」と受け止められるのではないか、なんといっても人間はみな死ぬのだから、「死のほうから人生を見る」ことも大切ではないか、と言われた。

私は大賛成で、どうもその視点に欠けることが、現在の人生論や老人論の問題ではないかと申し上げた。

死というのを最高のゴール、あるいは、再出発の地点と見る見方は、世界中の文化に古来認められることである。むしろ、そのような考えのほうが一般的だったのではなかろうか。「生きる」ことに焦点を当てるのもいいのだが、その結果、死を無視したり、忘れようとしたりするのは、近代になってからのことと言っていいのではなかろうか。

フランツ・リストの作曲した有名な曲に「前奏曲」というのがある。これは、自分が生きている間の人生は、死後に至るべき世界への「前奏曲」だという考えによってつくられたものである。今、自分の生きているのは「前奏」の部分であり、本当の大切な死後の世界への準備と考えるのである。

たとえば、歌劇の「カルメン」を観に行って、「前奏曲」だけを聴いて帰る人がいると、「なんだ、もったいない」と思うだろう。それと同様に、この世の生だけにこだわる人は、前奏曲だけで満足する類ではないだろうか。前奏曲の次に「ほんもの」の歌劇があるとしたら、それはどうなるのか。そんなことはまったくお構いなしというのは、あまりにも損ではなかろうか。

「前奏曲」の次にくる「ほんもの」の劇については、われわれはもっとイマジネーションをはたらかせるべきだろう。そういう観点から、現在の「生」を見直してみると、いろいろと違う姿が見えてくる。

人間社会には「会議」がつきものだ。「××会議」というのがやたらにある。しかも、多くの人が「嫌だ」と思いながら出席する。そこで、もっと会議を減らすべきだというので「会議を減らすための会議」を開いたりする。

そんな余計なことはやめて、会議に参加しながら、この会議は実は「前奏曲」、つまり予行演習で、「本会議」が100年後ぐらいに同じメンバーで繰り返されるなどと想像してみてはどうだろう。「本会議」では、「前の練習ではわずか1億円のカネにこだわってしまって」などと反省をすることになるかもしれない。

ばかげているようだが、イマジネーションをはたらかせるとなかなかおもしろくなってきて、腹が立つことも減ってくる。小さいことにかかわってコセコセする気もなくなるのではなかろうか。

ときには皆さんも、こんな見方で人生を見られるといかがでしょうか。少し視点をかえてものごとを見るだけで、楽しいことが増えるものです。

タテマエとホンネ

最近、企業内の不祥事が次々と発覚して、社会問題になっている。大企業の言うことだからと安心していたのに、そこには思いがけない虚偽が隠されていることがわかって、国民の多くが腹を立てている。

いまは企業のことが取り上げられているが、ちょっと振り返ってみると、政界、官界における不祥事もあったし、大げさに言うと、日本中の道徳は地に落ちてしまった、ということになる。また、このことを嘆く人も多い。現在の日本人は、世界のなかでも極めて道徳性の低い国民なのだろうか。

あるとき、ヨーロッパの外交官と話し合っていたら、次のような話が出てきた。彼は相当な現金の入った財布を東京で落とし、そんなのは出てくるはずがないと思っていた。ところがそれを拾った人が警察に届け、手元に返ってきたのだ。「世界中の大都会で、こんなことがあるのは東京だけです」と言って、彼は、日本人の道徳性は世界でも珍しい高さを持つと褒めてくれた。これは例外ということはなく、これに類することはよくあることだ。とすると、いったい日本人の道徳はどうなっているのだ。

このことは、もっと調査をしたり深く思慮したりして考えるべきことだろう。ただ、私なりに思いついたことを、ここに書いてみよう。

日本人は道徳について、昔からタテマエとホンネという、二重構造を持っている。タテマエにおいては、理想に近い厳しいことを言うが、だれもがそれは「タテマエ」であって、現実はそのとおりにいかぬことを知っている。そして、実際の行動においてはホンネに基づいて行動し、それがタテマエとずれていても、非難されることはない。

このことを欧米人に話すと非常に不思議がられ、「タテマエとホンネの差はどのくらいなのか」などと尋ねられたりする。これに対して日本人は明確には答えられない。しかし、日本人である限り、「だいたいこのあたり」という見当をみなが持っていて、問題の生じない程度に「タテマエ」を破る、という生き方をしてきた。

ところが、欧米人の疑問に示されているように、ここで、大幅にタテマエを破る者が現れるとどうなるだろう。つまり、日本の経済が高度成長を遂げているうちに、すべてのことがスケールが大きくなったので、バランス感覚が狂ってしまう者や、時にはこの日本的慣習を悪用し、意図的な大きいタテマエ破りをしてしまう人たちが、日本に相当に生じてきたのではないか。

これが、町中に落ちている財布のようなスケールのところでは、タテマエとホンネの分離はほとんど生じず、一般の日本人は、このような場合はまだまだ道徳律を守っている、と考えられる。

大きいスケールでの日本的慣習を悪用した〝悪〟が摘発されるようになったのは、非常にいいことだ。しかし、ここでもはや日本的なものは通じないとして、タテマエとホンネの分離をやめて、新しい現実的な規律を設定するのではなく、悪を憎むあまり、タテマエ尊重の合唱になってしまうとどうなるだろう。それは問題の根本的解決にはならないのではないか。そんな危惧も昨今では感じられる。道徳に関するホンネの話し合いが必要なときである。

幸福と安心

宗教人類学者の中沢新一さんに、仏教について講義（お話）を聞くというシリーズを「小説トリッパー」誌に連載している（のち『仏教が好き！』として朝日新聞社より刊行）が、先日は「仏教と幸福」という話題であった。

「仏典のなかに『幸福』という言葉は出てこないんです」というのが中沢さんの第一声であったが、このことは日本（ひいては世界）の状況を考えるうえで、非常に大切なことのように思われた。仏教では「幸福」などということを考えるよりも、「安心《あんじん》」のほうが大切である。「安心 立 命《あんじんりゆうみよう》」という言葉がある。この言葉を成就している人は、しっかりと大地に根差して生きていると感じられ、その人の傍らに行くだけでも、こちらが安心しておられるような、そんな人である。ところが、考えてみると、このような人にお会いするのが、ずいぶんと少なくなったように思うのである。

心理療法家の私のところに来られる人は、だいたいにおいて、いわゆる「不幸」な方である。その人たちはだれも「幸福」になりたいと願っていて、それを目指して努力もされている。しかし、どうしても幸福になれない。私のほうもそんな方にお会いして、なんとか幸福になれるようにお手伝いをしたいと思う。

こんな仕事を長く続けているうちに、いったい「幸福」とは何か、だんだんとわからなくなってきた。というのは、一般に「幸福」というと、お金がたくさんあって、仕事がバリバリできて、自分の好きなことがどんどんできる、というようなイメージを抱かれるのではなかろうか。

アメリカのパーティーなどに行くと、そんな典型的な人にお目にかかれる。すべてに自信にあふれている、ということはよく伝わってくるが、「安心」のほうはサッパリなのである。傍らにいると、なんとなくこちらまでそわそわしたり、時にはイライラしてくる。最後には、「立派なものですな。しかし、あなたそれで人生ほんまにおもろいの」などと言いたくなってくる。

日本もアメリカの影響をすぐに受けるので、前記のような人が増えてきた。それは当然で、仏教国日本も猛烈な勢いで欧米の文明を輸入したので、現在、日本は「物」にあふれている。こうなると、「物」つまりお金を持っていないのは不幸と感じられるのも無理はないと思われる。実際、「カネさえあれば、なんでも手に入る」と言う人もいる。「安心」もカネの力で得られるというわけである。
そんなことはない。物やカネにとらわれず安心立命することが大切という人もいる。とはいっても、現在の日本で「物やカネ」を持たずに「安心」できるだろうか。それに、家族があるとすると、家族も「安心」だろうか。

「自分は安心立命の境地に達した」などと言っている立派な人も、実情を見ると、あんがい物欲のために動かされている、ということもあるようだ。

答えは、言うはやすく行うは難しいこと、つまり「幸福と安心」、両方を手に入れることである。それにはどうすればよいか。どちらか一方の菩薩のために努力しているときも、それがすべてではないことを忘れないのがよいのではなかろうか。21世紀は何かにつけて両面作戦の時代である。欧米で仏教に対する関心が高まっているのも、このことの表れであろう。

事実と物語

科学技術の急激な発展によって、人間はなんでも自分の欲するものを簡単に手に入れるようになったし、「科学」万能のように思う人もある。そして、科学的な考えのもとになる「事実」を知ることが最も大切で、事実か事実でないか、ということに価値判断の基準を置いている。

しかし……と私は考える。人間が「生きている」と実感するとき、「命あるもの」として自分のことを感じるとき、その実感を深め、他人と共有するためには「物語」が必要なのではないだろうか。といって、まったく虚構の物語は、人の心を打たない。事実に反するのではなく、自分の真実を伝える「物語」こそ意味がある。

レベッカ・ブラウン著、柴田元幸訳『家庭の医学』（朝日新聞社）は、前記のようなことを深く感じさせる素晴らしい本である。本の装丁も実にいい。手にとって読みながら、内容にふさわしいつくりだと思う。

著者のレベッカ・ブラウンは、母親ががんになり死に至るまでの経過を、見事な筆致で描写する。大げさな表現も飾り立てた言葉もない。それは「淡々」という表現をしたくなるほどのものだが、人間の「いのち」を、「たましい」を、ずっしりと感じさせる。そのような意味で、これは素晴らしい「物語」になっている。

ところで、この本の特徴は、まず「貧血」「転移」「震顫《しんせん》」などの医学用語が挙げられ、その定義がコラムに書かれている。読み進んでゆくと、そのような症状によって患者とその家族たちがどのような「物語」を生きてゆくのかが、しっかりと語られる、という構造をもっているのである。

これを読みながら、最近、医療の領域で注目されつつある「ナラティブ・ベイスト・メディシン」（物語を基礎とする医療）ということを想起した。このような考えが医療の世界に生まれてきたのは、近代医学の発達につれて、どうしても医者が身体の症状やいろいろな検査データのみに関心を持ち、「人間」としての患者のことを忘れがちになるため、と言われている。

「患者は物語をもって医者を訪れ、診断をもらって帰る」

などと言われたりするが、患者にとって、あるいは家族にとっては一生の一大事であり、その人の人生の物語のなかで、病に取り組むことになるが、診断的に言えば、「がん、手術不可能」

の一言で終わってしまう。

医学として言えば、診断ははっきりと事実を述べており、何の誤りもない。しかし患者にとっては、物語の破壊であったり、拒否であったりする。本当に「医療」を考えるならば、診断のみではなく「物語」も考慮に入れるべきだ、というのが「ナラティブ・ベイスト・メディシン」である。したがって、これは事実を否定しようというのではない。

「物語」というと絵空事のように思う人があるが、そんなものではない。本書の「貧血」に始まり「死体」で終わる文には、なんらの虚構もない。それでいて、それは人間の「いのち」の貴さをしっかりと読む人に伝える力をもっている。いのちを「みとる」ことの意義を深く感じさせる作品なのである。

単に「みる」のではなく、「みとる」という表現のなかに、「物語」を共有する姿勢が感じられるのである。

紅葉

秋の夕日に　照る山紅葉

という小学唱歌は、私の大好きな歌である。10月12日（２００2年）、鳥取で行われた国民文化祭に参加したが、ホテルのみならず、あちこちからこの歌が聞こえてくる。それもそのはず、「紅葉」の作曲者、岡野貞一が鳥取県の出身だからである。

鳥取で訪れた「わらべ館」では、昔の小学校の教室と同じようにしつらえた部屋があって、岡野貞一作曲の数々の曲を聴くことができる。じっと耳を傾けている高齢者――実は私もそのひとりだが――が印象に残る。ここへは高齢者の方がよく来られるようで、孫の手を引いたり、引かれたりしていらっしゃる。一言も話をされなかった人が、小学唱歌を聴いて、言葉を出されたこともあるとか。

私はかつて、「子どもや高齢者のための図書館」をつくってほしいと提案、実行してもらったこともある。おじいちゃん、おばあちゃんが孫に絵本を読んであげたり、逆に孫が読んであげることもある。この「わらべ館」には、歌を通じて、孫と祖父母との間の心の交流がある、と思うと本当にうれしい。

その2日後の14日、私は名古屋にいた。古い友人で同業者でもある西村洲衛男、良子夫妻が主催している「壇渓心理教育相談室」の10周年記念に参加したのだ。ところが、そのアトラクションに、そこに参加した200人ほどの人の80％くらいが、いろいろなリコーダーを持参。なんと「紅葉」を合奏するのだ。

これは実におもしろいアイデアである。参加する人には前もって楽譜が送ってある。ほとんどの人は小学校時代に吹いたリコーダーを持っているし、ちょっと好きな人は低音部を練習して吹くことができる。それで合奏となるのだが、実に美しい。私もフルートを持って飛び入り参加させていただいたが、このアイデアは素晴らしく、あちこちでも使えるのではないか、と思った。

次はその4日後。私は長野県の野沢温泉に向かう飯山線に乗っていた。その翌日、戸隠で行う「お話と朗読と音楽の夕べ」に参加するためだ。

これは岩波書店の元編集者、山田馨さん、詩人の谷川俊太郎さんに引っ張り込まれ、「戸隠ありったけ」という妙な会に入会。ピアニストの河野美砂子さんとともに、毎年秋に開いている会である。戸隠神社の中社の横の宿坊で、畳敷きの部屋に座布団を並べ、かがり火をたいたりして、一切が手づくりの、なんともおもしろい会である。

これに参加する前日、必ず野沢温泉の住吉屋さんに泊まる。妻の友人のつてで知ったのだが、「のらくろ」の作者、故・田河水泡が愛用したとかで、「のらくろ」の絵がたくさん飾ってあるところ。私たちの年齢の者には実にうれしく、「のらくろ旅館」と呼んで、戸隠参加の前日には必ず泊まることにしている。

ところで、そこに向かう飯山線の「替佐《かえさ》」の駅に止まると、「紅葉」の音楽が聞こえてくる。というのは、「紅葉」の作詞者、高野辰之の故郷がこのあたりなのだ。なんと1週間の間に「紅葉」の見事な重なりだ。

うれしくなって「お話と朗読と音楽の夕べ」では、アンコールに「紅葉」を演奏した。せっかくの紅葉も、これは色づく前に散ったような気もしたが。

ある類似性

モスクワのテロ事件も〝いちおう〟終わりとなった。終わったとは言いながら、これでテロの問題が解決したと思う人はいないだろう。テロは絶対に許してはならない。このことはだれもが賛成すると思うが、これにどう対処するかはなかなか難しいことである。

9・11の事件は大変なショックであった。私も強いショックを受けたが、深層心理学を専門にしている者として、次に述べるような「類似性」にすぐに気づいたのである。

9・11は言うなれば21世紀の初頭に生じた事件として、今世紀を考えていくうえで、きわめて重要なことだと思った。それと同時に、私としては、20世紀の人類史の特性として考えねばならぬ、20世紀初頭の、これと類似性の高い事象を思い浮かべたのである。

人間はどのような民族であれ、自分を超えた超越的存在について考え、それに対する「おそれ」の感情を持って生きてきた。ところが、ヨーロッパの近代においては、人間の理性の力が示され、それに頼ることによって、実に多くのことが可能であることがわかってきた。天然痘にかからぬようにまじないをしたり、神に祈ったりするよりも、種痘をするほうがよほど有効であることがわかった。

人間の理性によって、この世のすべてのことはうまくやれると思いかけたときに、困ったことが起こった。人間のノイローゼは薬でも注射でも治せなかった。

そんなとき、20世紀の初めに、周知のようにフロイトが出てきて、人間は自分の心の中心が自我であり、理性的な自我によってすべてのことが律せられると思うのは誤りで、自我は「無意識」という、自我が簡単に支配できない存在におびやかされている。その極端な場合がノイローゼなのだ、と言ったのである。

このため、人間はノイローゼを克服するためには、自我だけを大切にせずに、自我と無意識との間の対話が必要なのだ、それによってこそノイローゼは治癒することができる、と彼は主張した。

ところで、21世紀になって、人類は地球規模で、人間が個人として20世紀に体験したのと同じようなことを体験することになったのではなかろうか。つまり、自我が理性をもってすれば、自分の心の中心として心を支配できると考えたように、人間は地球全体のなかに「正しい」政府を確立すれば、地球全体をうまく支配し問題は起こらない、と考え始めたのではなかろうか。

正義の代弁者をもって任じるアメリカ政府が、その「正しい」ことによって世界中をうまく治めることができると思う限り、自我に対する「無意識」のように、それに反する存在はノイローゼ現象――つまりテロ行為――ということによって反発を繰り返すことになると思われるのである。

この際、フロイトが自我によって無意識をおさえつけるのではなく、「対話」することによって、これを解決しようとした、というのはなかなか示唆に富んでいる。もちろん、この対話がどれほど危険で難しいかは、フロイト以来多くの深層心理学者の経験してきたところである。「類似性」だけですぐ結論を引き出すのは危険である。しかし、そこから得るヒントによって考えてみることは有益だろうと思う。

友情

友情は人間にとって非常に大切なものである。夫婦、親子、きょうだい、上司と部下、あらゆる人間関係において、それが深まってくると、その底に友情がはたらいていることに気づくだろう。

そのように大切なことであるが、それを公的に論じるのは意外に難しいと、ずっと以前に、スイスのユング研究所の講義で聞いたことがある。それは当時、欧米では友情の話はどこかで同性愛を連想させ、キリスト教文化圏では、同性愛に対する罪悪感や拒否感が非常に強いためだと言われた。なるほどそうなのかと思ったが、言われてみると、「友情」を正面から取り上げた文学は欧米では少なく、多くは男女の愛のほうを取り上げている、と思った。

ところで、周知のようにこのような事情は現在では一変している。それもあってかどうかわからぬが、最近、フレッド・ウルマン『友情』（清水徹・美智子訳、集英社）が出版され、さっそく読んでみた。原作は１９７１年刊。著者はドイツ生まれのユダヤ人で、ナチスの迫害を逃れ、イギリスで画家として成功。60歳になって本書を執筆した。イギリスで出版され評判となり、仏、米でも出版され、今も世界でよく読まれ、高校の副読本にもなっているとか。

主人公は16歳のドイツの少年で、ギムナジウムの生徒である。同級生とはいちおうつきあっているものの、本当の友人はいないと思っている彼の前に、ひとりの転校生が現れる。

「自信にみちた身のこなし、貴族的な雰囲気、わずかな侮蔑《ぶべつ》を微妙にたたえたほほえみ。だがなにより私に衝撃をあたえたのは、いやたぶん私たち全員に衝撃をあたえたのは、彼の優雅さだった」

クラスの少年たちとは、まったく別世界から現れたように思える少年、コンラディンは伯爵家の息子であった。クラスの誰彼が近づいてゆこうとしたが、コンラディンは優雅にそれを拒否し、孤高を保っていた。

しかし、主人公の「私」は、彼こそ真の友人になるべき人と思い定め接近していった。「私」にとって真の友人とは、「そのひとのためには喜んで生命を投げだしたいと思う少年」であり、コンラディンこそ、それにふさわしい人物であった。

彼の注目を引くため、「私」は授業にも熱心になり、教師に認められるようになる。そして、そのようなかいあってふたりの間に友情が成立する。ふたりの友情がどのように展開し、その場としてのドイツのシュヴァーベン地方の風景が、それを後押しするように、どのような美しい四季の姿を示したかは、どうかこの書物を読んで味わっていただきたい。

このような純粋な友情を、ナチスの台頭という思いがけない状況が、いかに押しつぶそうとしたか。そして、ふたりの少年がそれにどのように対処したのかも、ここには触れずにおこう。

私が願うのは、日本の高校生の皆さんに、ぜひこの書物を読んで同級生と話し合っていただきたいということである。中学生、大学生にとっても意味ある書物であろう。なおこの書物とともに、ハンス・ペーター・リヒター『あのころはフリードリヒがいた』(上田真而子訳、岩波少年文庫)を読むと、この書物の理解が深まるだろうことも、付け加えておきたい。

「私」の発見

世界中どこを探しても自分と同じ人間はいない。「私」というのは、世界で唯一の存在である。当たり前のことだが、考えてみるとずいぶん不思議にも思える。唯一の存在などというと調子よく聞こえるが、要はこの世に「たったひとりで生きている」ということではないか。考えてみると、なんとも心細い話である。

こんな意味の「私」がいるのだ、と人が自覚するのはいったい何歳くらいだろうか。私はおそらく思春期だろうと思っていたが、いろいろと経験を重ねたり、自分自身のことを思い出したりしているうちに、どうも10歳あたりらしいと思うようになった。

そういえば、10歳くらいの子どもさんのことでよく相談を受ける。なかなか明るい子で、心配ないと思っていたのに、小学4年生になって、急に夜ひとりで寝るのが怖いと言い出した。初めは冗談だと思っていたのに、まったく本気で、夜がくると不安そうにしている。かわいそうと思うのだが、甘やかしてしまってはよくないと思うし、どうしたものか、という相談である。

それがもう少し深刻になってくると、4年生になって急に成績が下がった。宿題をはじめ、もの忘れすることが多い。親としてはわけがわからないので、叱責することになって、状態をよけいに悪くするときがある。

子どもは実のところ、ふとある日、何かのことがきっかけで「私」の発見をする。この世に「私」というのがただひとりいるのだ。それまではそんなことを考えずに、家族や友達と一緒に行動し、みなが同じように考え、同じように生きていると思っていた。ところが、自分が「ただひとり」とわかると、まず、孤独感や不安を感じるのだ。しかし、このようなことを明確に認識したり、言語で表現することは、この年齢の子には、ほとんど不可能である。子どもは寂しさを感じるだけなので、ともかく家族にひっつきたくなったりする。ところが、逆に親に叱られたりすると、痛手は深くなるのである。

あるいは、友達に急に接近したくなってくるので、家の金品を持ち出して友人に与えたりする。このことがわかると、親としては「いじめ」と思う人が多く、子どもに問いただすのだが、そんなことはない。どうしてこんな「悪い」子になったのだろう、親のしつけが悪かったのかと反省したりするが、まったくそんなことではないのだ。

それよりも、人間は成長してゆくためには、山あり谷ありで、揺れながら成長するのであり、直線的にはいかない。人生の谷間はあちこちにあるが、この10歳ごろのは、感受性の鋭敏な子どもほどきつく体験するようである。したがって、前記のようなことはなにも「悪い」ことではなく、むしろ、喜んでもいいほどのことである。

そこで親として大切なのは、「あなたは確かに世界にひとりしかいないのだが、ひとりぼっちではないよ」ということを言葉ではなく、態度で示すことである。端的に言うと、甘やかし気味でもいいのだ。子どももそこで安心すると、すっとひとりで立ってゆくので心配はいらない。なんだか前よりしっかりしてきたと感じるはずである。子どもは子どもなりに「私の発見」を土台に生きようとし始めるからである。

こころの中の脇役

ドラマであれ物語であれ、そのなかに主人公がいるのは当然だが、それには脇役も必要である。映画や演劇を観ていて、その中の脇役の存在がいかに大切かを痛感させられるときがある。したがって、自分が生きていくうえにおいて、だれか脇役になってくれる人が必要だとか、自分がだれかの脇役に徹して生きてゆくべきだ、という話をしたいのではない。

ここで取り上げたいのは、自分の「こころの中の脇役」のことである。いったいどういうことなのかというと、自分は自分のこころの中では主役であることはもちろんだが、そのときに、こころの中の脇役もいることをよく認識し、その力にも頼ろうというわけである。

能に「ワキ」という役がある。初めて能を観たときなど、あれは何をしているのか、と思ったりする。シテが詠《うた》ったり舞ったりしているとき、ワキはじっと座って何もしない。ただ座っているだけなら、だれでもできるなどと思うと大間違いである。ワキがそこに座っていることによって、シテは自由に伸びやかに、そして踏み外すことなく芸をすることができるのだ。

これと同様に、自分のこころの中でも、シテが演じているときに、ワキの存在を実感することが大切ではなかろうか。こころの中で、いわばシテのように、思考や感情が自由に動きまわっているとき、そこにワキがいることによって、それらに深みが生じ、変に踏み外すことを防止してくれる。

実は、これは立元《たちもと》幸治『「こころ」の出家　中高年の心の危機に』（ちくま新書）に、「己の中の『脇役』」として論じられていることを、私なりの言葉で述べたものである。中高年の心の危機については、いつかもこのコラムで取りあげたことがあるが、それを考えてゆくうえで、以上に述べた「こころの中の脇役」というのは、参考になるところがある。シテだけを喜んでやっているうちに、行き詰まってしまうと、どうにもならなくなる。それを防止するうえでも、ワキは必要だ。

この書物の題名になっている、「こころの出家」というのもおもしろい。そもそも「こころ」と平仮名で書かれているのは、自分が自分で考えてみる「こころ」ということで、主観的な世界である。人間にとっては主観も客観も両方必要で、心を客観的に研究する学問も必要だが、人間は自分のこころを、それの主体としてその主観的世界を構築してゆかねばならない。

そのようなとき、この世において、人生のいろいろなしがらみを離れ、ひたすらこころを清くし、死後の世界に備えて「出家」することは、人生の最後の「ツメ」として、日本人が考え実行してきたことである。王朝時代の物語を読むと、出家が当時の人々にとって、どれほど大切であったかがよくわかる。

現代においては、そうはいっても実際に出家するのは大変なことだ。そこで、中高年の危機を乗り切るうえで、こころの中での「出家」をしてはどうだろうか、と著者は主張している。考えてみると、中高年の自殺など、下手な出家ということになるかもしれない。それよりも、「こころの出家」をすることにより、人生の危機を乗り切り、豊かに生きられるのではなかろうか。

夫婦

少し以前のここで、「人間のいろいろな関係の底に友情がある」と書いたのを読んだ人たちから、「夫婦関係も友情によって支えられている」とか、「夫婦は一種のけんか友達みたい」などと言われて、一度「夫婦」についても書いてほしいと要望された。

確かに、夫婦関係というのは不思議なものだ。他人とのつきあいというのはなかなか大変なのに、同じ相手と一生つきあう。しかも、50年、60年と同居するのだから、そんなことができるだろうか、と思う。頭で考える限り、空恐ろしくもなるが、実際になってみると、けっこうなんとかなるのである。その秘密のひとつは、夫婦関係は単純なものではなく、それは実に多様な関係になるので、それなりにおもしろいからである。

「友情」のときに少し触れたが、欧米では男女の愛に非常に高い評価を与え、ロマンチックラブが最高とされる。アメリカでは特にこの傾向が強い。もともとロマンチックラブは、その愛によって人格が高められることが目的であり、男女の間に性関係があってはならなかった。そのような禁欲と苦しみによってこそ人格は鍛えられると考える。

ところが、人間はそんなことに満足できず、ロマンチックラブのゴールとして結婚をするようになった。なんとめでたく素晴らしいと思うのだが、残念ながらこれは長続きしない。だいたい長くても7年ぐらいだろう。毎日、ビーフステーキを食べて、デザートにチョコレートケーキというのではたまったものではない。これは、アメリカにおいて離婚が多いひとつの要因となっている。

離婚してまた新しく恋愛し、結婚する。これも人生を豊かにする方法かとも思うが、2度目も3度目も基本的にはよく似たタイプの人を相手にしていることがよくある。要は、愛の質はあまり変わっていないのである。

ところが、最初はロマンチックラブであっても、そのうちにそこに友情が芽生えてくると話は異なってくる。それにもっとおもしろいのは、夫婦といっても、それは母・息子関係であったり、父・娘関係であったり、きょうだい関係であったりもする。

血のつながりの関係は簡単には切れない。特に親子関係はそうである。「勘当した息子のことで」と相談に来た方に、「いくら勘当しても、息子はやっぱり息子ですね」と申し上げたことがあったが、血のつながりは切れないものだ。これは運命的なものだからである。それは本人の意思と関係なく決まっているのだから、良いとか悪いとか言ってもはじまらないのだ。

夫婦の関係は運命ではなく意志でつながっているので、切ろうと思えば切れるといえるが、「赤い糸」でつながっているという表現があるように、それも運命的に思えてくる。アメリカ人のように意志によって切ったりつないだりせずに、運命と思ってつきあっているうちに友情が生まれ、「米の味」のようなもので、毎日食べていても飽きないのである。それに前述したようにいろいろと様相が変化し、時にはロマンチックラブが再来したりすることもある。

理屈の上ではいつでも切れるものだが、運命的なものを感じてつながっているうちに、夫婦の間に友情の深い絆ができるようだ。

おはなしの復権

「文化ボランティア」という言葉を言ってみたら、これは多くの人々の心を打ったようで、日本中に文化ボランティアの運動が広がりつつある感じを受ける。そのようななかで、「読み聞かせ」の運動が盛んなのは非常にうれしい。子どもたちに、いろいろな本を読み聞かせる。そのことによって子どもたちは読書のおもしろさを知り、自分で本を読み始める。

この読み聞かせのなかに、昔話をはじめとする、いろいろな「おはなし」が登場し、子どもたちがそれを喜んで聞く。最近、ＮＨＫの方と話をしていておもしろいと思ったのは、それらの「おはなし」を、テレビで放映するよりも、ラジオのほうが、子どもたちは集中して聴くとのことである。

現代の子どもたちにとって、テレビは日常茶飯事のことで、ずっとつけておいて、面白ければ見る、という感じになりすぎている。それに対して、ただ聴くだけとなると、かえってそれに集中するというのである。

それともうひとつ注目したいのは、読み聞かせの内容として、「おはなし」が復活してきたことである。少し以前まで、教育において「おはなし」はあまり歓迎されなかった。それはなんといっても、教育というと「知識」を早くたくさん覚えることのほうに重点を置きがちだったからではないだろうか。

「水は水素と酸素の化合物である」と覚えることは大切だが、「桃から赤ちゃんが生まれました」とか「一寸法師はお椀の舟に、箸の櫂」などと覚えてみても何の役に立つのだろうか。しかも、おはなしのなかにはずいぶんと恐ろしいものもある。子どもを怖がらせて何の役に立つのか、ということになる。そんなわけで、「おはなし」を学校ではもちろん、家で聞かせることもだんだんと下火になってきていたのに、最近はどうして復活してきたのだろう。

その秘密は、「おはなし」の持つ「つなぐ力」が再評価されてきているからだ、と私は思う。「おはなし」は話し手と聞き手の心をつなぐ。「読み聞かせ」の好きな人は、その間に子どもたちがいかに目を輝かせているか、読み手と聞き手の間にいかに一体感が生じているか、このことをよく体験していると思う。

それに「おはなし」は、子どもたちの心のなかで、バラバラだったものがつながったり、心と体がつながったりする体験をさせるのだ。心と体のつながりは大切だ。これが切れていると、ほんとうの「悲しさ」や「優しさ」などがなくなってしまう。「つなぐ」ことを忘れて、知識の切り売りに熱心になりすぎ、頭でっかちですぐ「切れる」子どもを、われわれはつくってきたのではないか。こんな反省から知らずしらず、「おはなし」の復権が行われている、と私は考えている。

ここでちょっと心配なのは、「読み聞かせ」を誤解して、子どもに「聞かせてやる」と思っている人がいることだ。ためになるから聞かせてやると思っている人は、すでに自分が頭だけの人になっている。

朗読の名手、幸田弘子さんは著書のなかで、「言葉で体を味わうことの大切さ」を強調している（『朗読の楽しみ　美しい日本語を味わうために』光文社）。おはなしを読み聞かせる人は、「体を張って」読むほどの気概を持ってやってほしい。

顔

人間の顔というのは、実に興味深い。ひとりとして同じ顔の人はいないうえに、同じ人でもその表情は驚くほど変化する。私のように人にお会いするのが職業の人間は、ますますもって人の顔に関心を払うことになる。

「顔を売る」「顔から火が出る」「顔に泥を塗る」「顔を貸す」など、それに「顔見世」「顔出し」「顔負け」「顔汚し」などを挙げだすと、顔に関する表現はきりがないほどある。

ところで最近、写真＝柿沼和夫、構成・文＝谷川俊太郎『顔　美の巡礼　柿沼和夫の肖像写真』（ＴＢＳブリタニカ）という傑作に接して、飽かずに眺めている。

「顔は本来静止していない。刻々に動いて表情をつくっている。表情と呼ぶからには、それは感情を表に現すものだ。写真はその動きやまない表情を、一秒の何十分の一、何百分の一の瞬間に固定する。するとそこに、『顔』と呼ばれるものが出現する」

これはこの本の冒頭の谷川俊太郎さんの言葉だが、この写真集の本質を見事についている。柿沼さんが固定した「顔」、それは三島由紀夫であったり、野上弥生子であったり、ほとんどの人は名前を知っている人だが、その「顔」にばったりと出あうと、「うん」とうならざるを得ない。同一人物の若いときと、年の経過による変化が見られるものもあって、ますます興味は尽きない。

C・G・ユングが1920年ごろ、アメリカ先住民プエブロ族を訪ね、その長老の顔を見て、あまりの気品に心を打たれ、「これだけの顔をしているのは、ヨーロッパにはだれもいない」と感じ、白人の文明を恥ずかしく思ったのはわりに知られていることだが、今、彼がこの写真集の「顔」を見て、何と思うだろうと想像すると、実におもしろい。

実はこれには、エルネスト・アンセルメ、ガブリエル・マルセルなど西洋人の「顔」もあるのだ。ユングもこんなのを見ると、「ヨーロッパ人も案外いける」などと言うかもしれない。

谷川俊太郎さんも出ているのだが、若いときのを見て驚いてしまった。喜劇王チャプリンによく似ているのだ。谷川さんとのつきあいは長いが、若いときは知らないので、こんな顔で「二十億光年の孤独」を感じていたのかなあ、などと感心して眺めていた。もっとも、これも柿沼さんのとらえた「一瞬の表情」だろうけれど。

ところで、谷川さんが年をとり、父上の谷川徹三さんと並んでいる写真を見ると、実によく似ている。つまり谷川俊太郎さんの「顔」は哲学者になっている。なるほど、喜劇王と哲学者をブレンドさせると詩人になるのか、などと妙な納得をした。

ばかなことを、と谷川さんに一笑に付されそうだが、私も似たようなことを言われたことがある。南伸坊さんに『心理療法個人授業』というのをやっていると、私のことを「とても気持のいい笑顔と、むちゃくちゃに迫力のある、眼光の鋭さを持った不思議な顔面の持主」と言われ、後者については国定忠治や岩倉具視のような「ヤクザやヤクザみたいな顔」とも。エビス顔とヤクザ顔をブレンドすると、カウンセラーの顔になるというのだから、谷川さんも詩人の顔についてのブレンド説を納得してくれるかもしれない。

リスク

「リスクという言葉には、日本語に適当な訳がないので困ります」と聞いて、私はあれっと思った。リスクは「危険」ということと思って、あまり疑っていないのが普通ではないだろうか。

これは某新聞社の企画の対談のときに、幸田真音さんの言われたことである。幸田さんは米国系銀行や証券会社で、ディーラーや外国債券セールスなどの経験を経た後に作家となり、金融の世界を舞台に意欲的な作品を次々と発表している方である。

幸田さんは、これに続けて、「リスクに対しては、英語の動詞は『take』を使うので、自分は『リスクをとる』と書く。そうすると編集者などが『リスクをおかす』ではありませんか、と言うのです」と言われた。

　このように言われて、私もなるほどと思った。外国の友人たちとの会話の場面を思い出すと、「リスク」は日本語の単なる「危険」とは異なることに気がつくのである。

　もちろん、リスクは普通の意味の「危険」も意味するし、そのときはほかの表現もあるが、「リスクをとる（take）」と言うときは、自分の行為にある程度の危険が伴うのだが、それを承知してあえてそれをする、という感じがある。そもそも「危険」には、「デンジャー（danger）」という一般的な言い方があるのだから、「リスク」というときは、普通の「危険」というのと違う意味合いをもつことになる。

　偉そうなことを言って間違ってはいけない、と思ったので、対談後に帰宅してから、ウェブスターの辞書を引いてみる。こんなときは「danger」を引いて同義語のところを見るとおもしろい。つまり「危険」を意味するが、普通の「危険」と少し異なる意味合いを持つものが、そこに示されて説明がある。

　それを見ると、「リスク」のところには、「危険なチャンスを意図的にとるという意味を持つ」ことが書かれていて、なるほどと思う。こうなると、「リスク」にぴったりの日本語がない、というのもうなずける。

　なんだか英語教室みたいになってきたが、幸田さんとの対談で一致したことは、日本には「リスクをとる」人が少ないのではないか、ということである。何もわからずにバブルにひっかかって損をするような人は、ただ危険なことがわからずにやった、というばかげた話で、べつに最初から「リスクをとる」ことをしたわけではない。

「みんなでやれば怖くない」と思ってやってしまって、「みんなで失敗」というのは日本人の得意なことだが、自分の個人としての判断によって「リスクをとる」行為をする人は少ないのではなかろうか。多くの人が「大過なく」人生を送るのをよしとしている。これも、ひとつの生き方とは思うが、グローバリゼーションの波の強い、これからの時代は、そうは言っておられないのではなかろうか。

ここで、「日本の政治家でリスクをとる人間が少なすぎる」などと悲憤慷慨するのもいいかもしれないが、その前に、自分はこれまでどれほどの「リスクをとる」人生を送ってきたか、これからどんなリスクをとろうとするのか、などと考えてみるほうが、リスクがあっておもしろいように思う。

宗教の処方箋

10年ほど前に『こころの処方箋』(新潮社)という本を書いたことがある。常識程度のことを書いて、などと思っていたが、ベストセラーになって驚いた。それだけではなくて、文章の長さも手ごろだということもあってか、大学や高校の入試問題によく出て、受験生の心の悩みの種になったりして、申し訳なく思っている。

実はこの本では冒頭から、人間の心はわかるはずはないのだから、「処方箋」などあるはずがないということを強調している。よい「処方箋」などないが、自分で考えるときのヒントにでも、という姿勢で書いた。それがかえってよかったのかもしれない。

ところで、「こころの処方箋」などあるはずはないと言っておいて、「宗教の処方箋」など問題にもならない、と思うのだが、それがあったのだから驚きである。人生には、あり得ないと思うことがあんがい生じるのだ。

二宮尊徳のことで、少し話し合いをしたいと、掛川市長の榛村《しんむら》純一さんから申し込みがあった。榛村さんは生涯学習の草分けとして知られている名物市長さんである。

「二宮尊徳」と聞くと、「奉安殿」「軍国主義」と連想がはたらくのだが、実のところ二宮尊徳はそんなのと関係なく、ともかく銅像が小学校の入り口にやたら建てられ、修身教育の権化のように思われていたが、これは誤解である。そういう私自身も長らく誤解していたのだが、何かの書物を読んで、二宮尊徳は日本には珍しい合理主義者で、むしろ現代こそ彼の考えを参考にするとおもしろい、とかつて学生たちに話をしたことを覚えている（どうも記憶がおぼろげだが、奈良本辰也『二宮尊徳』〈岩波新書〉）。

そんなわけで、喜んで榛村さんにお会いして、話し合っているうちに、「宗教の処方箋」が飛び出してきたのである。

「尊徳は相当な合理主義者だと思いますが、宗教的にはどうだったのですか」と聞くと、榛村さんは待ってましたとばかり、それについては、尊徳自身が冗談まじりに、

「神道一匙《ひとさじ》・儒仏半匙ずつ」

と言ったとのこと。あるいは、「神儒仏正味一粒丸。神道一匙・儒仏半匙ずつ」とも。まさに、「宗教の処方箋」である。

ここでいう「神道」とは、もちろん国家神道などではない。端的に言うと、基本はアニミズムと言っていいのではなかろうか。

この言葉は日本人一般の宗教性という点で考えても、なかなか言い得て妙であるし、そこに一種のユーモア感覚があるのもいい。「宗教」と言うと、にわかに堅苦しくなる人もあるが、一休や良寛にしても、ユーモアのあるところに、宗教の本質を感じさせられる。これらの仏僧たちに、尊徳の処方箋を示し、あなたの処方箋は？　と聞くとどうだろう。おそらく、「仏一粒丸」とは、言わないようにも思うのだが。

9・11のテロ事件以来、世界情勢を考えるなかで、日本人も「宗教」ということを意識する人が増えたように思う。グローバリゼーションの波のなかで、宗教について考えたことがありませんでは、生きてゆけないのではなかろうか。自分の宗教は、はたしてどんな「匙加減」か、などと考えてみるのもいいのではないだろうか。

「あがる」心理

人前で話をするときに〝あがる〟。言うべき大切なことを忘れてしまったり、同じことを繰り返したり、後で残念だと思っても仕方ない。舞台で何か技をするとなると、ますます「あがる」ので、思いがけない失敗をする。心理学を専門にしているのだから、「あがる」のを防ぐ方法を教えてほしい、と言われたりする。

ところで、先日はまったく思いがけない舞台に立つことになった。「日本フルートフェスティバル in 東京」という会が東京文化会館であり、文化庁長官が笛を吹くというので、人寄せパンダみたいになって、20人のフルートオーケストラを伴奏に、短い曲ながら1曲演奏したのだ。なんとかやり抜いたものの、日本フルート協会副会長で、有名なフルーティスト、峰岸壮一さんから、パーティーのときに、「心理学者でも、あがることを発見した」と冷やかされ、一同の笑いを誘った。「あがる」のを防ぐ心理的方法がないのは、これでわかると思うが、今回は少し、「あがる」ことについて考えてみよう。

「あがる」というのは、ともかく通常の意識状態と異なる意識の状態である。だから、思いがけない失敗をしたり、平素の力が出なかったりする。そこで「あがる」のを防ごうということになるのだが、はたして、あがらないのはいいことだろうか。

そもそも「舞台」に立って何かするということ自体、「普通」でないことをしている。それを観る観客、聴く聴衆にしても、「普通」でないのではなかろうか。演劇であれば、舞台の上で人が死んだり、結婚したりするが、そんなのはすべて嘘といえば嘘である。それを知りながら、泣いたり笑ったりしている観客は、やはり普通の状態ではないところに引き込まれていくわけである。そんなとき、俳優がまったく冷静だったらどうなるだろう。観客はばかばかしくなるだろう。

音楽だってそうである。音を通して通常ならざる世界に触れるからこそ、感動が生じたり、心が癒やされたりするのだ。スポーツでも、普段以上の力が発揮できてこそ、大勝負に勝てるのだ。とすると、「あがる」ことは必要、というより大切なことだ。「あがる」とはまさにその表現のとおり、意識が高揚し、普通でない状態になっているのだ。「あがる」からこそ、名演奏ができたり、名演技ができたりする。そして、観客の感動もまた爆発的になる。

ところが、次の難しい問題は、あがりすぎると失敗するということである。初めに述べたように、われわれは「あがる」と、思いがけない失敗をしたりする。

「あがりすぎないあがり方」、そんなことはあるのだろうか。それができる人が、ほんとうのプロだと私は思っている。あるいは、どんなに「あがる」ことがあっても、けっして失敗しない人、ともいえるだろう。

たとえば、ハムレットは１００回もやったので次は全然あがらない、などというのは名優ではない。１０１回目もけっこう「あがる」人こそ名優だ。そして、どれほどあがってもけっして失敗がない、という点は十分な練習によって支えられているのだ。

もっとも、私のように練習不足であがっていては、話にならないことも付け加えておこう。

嫉妬

人間の抱く感情のなかで、「嫉妬」というのはなかなか手ごわいものである。嫉妬するほうもされるほうも、どうしようもないというところに追い込まれてしまって、ときにはとんでもない悲劇が起こることもある。

嫉妬はその文字を見てもわかるように、女性のほうによく見られるという考え方が一般にあるが、「女の嫉妬よりも、男の嫉妬のほうが恐ろしい」とも言われる。実はこれはお互いさまで、私のところに相談に来られる人から考えても、男と女とどちらが嫉妬心が強いなどとは言えないと思う。

嫉妬の前提に「愛する」ということがある。恋人の場合がいちばん多いが、親子もあれば、きょうだい、友人の場合もある。だれかを愛し始めると、その人とできる限り時間を共にしたいと思う。そして、その相手も自分と同じ気持ちで自分に接してほしいと思う。しかし、相手の気持ちはほかに向いている。これはまったくたまらない。そこで怒りや憎しみ、うらやましさ、いろいろな感情が渦巻いてきて、なんとも鎮めようがなくなる。

嫉妬には、しかし、べつに「愛する」ことと関係のないときもある。自分が持ちたいと思う価値あるものを先に手に入れている人に対して、嫉妬の気持ちがはたらく。地位、財産、名声、なんであれ、自分にないものを先に持っている人に対して嫉妬が起こる。こんなとき、非常に多くの場合、その人も自分も「同じ」人間であるのに、という気持ちが前提にある。「同じ」人間なのに、自分は損をしている、ということは耐えられない。

多くの場合、この「同じ」という判断に甘さがある。価値あるものを手に入れるための条件がふたりの間では差があること、多くの場合、相手の努力などを見逃していることがある。それに嫉妬につかまってしまうと、なかなか地道に努力などできないので、ますます自分の足元がおかしくなっている。

後者の場合を考慮しつつ、愛にまつわる嫉妬について考えてみよう。この場合も深い意味での愛ということではなく、ともかく相手を「占有」したいという気持ちが先行し、自分の欲しい価値あるものを他人にとられる、という気持ちのみ強くなっているのではなかろうか。占有は愛と同じではない。

こんなことを考えたのだろう。スイスの心理学者カール・ユングは、「嫉妬の中核には愛の欠如がある」と言っている。嫉妬は愛と関係あるように見えるが、その本質は愛の欠如だというのだ。しかし、こう言われてみると、愛するということの深さ、その難しさ、ということについても考えさせられる。嫉妬から自由になる愛などというのは、実際に存在するのだろうか。

話変わって、嫉妬は人間にとって永遠の問題なのだろう。世界中の挿話のなかに語られている。そのなかのひとつを紹介する。

オオクニヌシの妻スセリヒメは嫉妬心の強い女性だった。たまりかねて家を出かけようとする夫が妻に歌いかけるうち、妻もそれにこたえ、「汝《な》を除《き》て　男《お》は無《な》し　汝を除て　夫《つま》は無し」と歌い、最後はふたりは互いのうなじに腕をまわして仲むつまじくなるのだ。ふたりの率直な感情のぶつかりのなかから、深い愛が生まれる。素晴らしい話だと思う。

創造的退行

現在は「創造性」ということが大切である。このことに関しては、深層心理学には「創造的退行」という大切な考え方がある。

退行という言葉は、ふたつの意味で使われる。たとえば、3、4歳の子どもに弟、妹の赤ちゃんが生まれてくると、自分もお母さんに赤ちゃんのように大切にしてほしいと思って、急に赤ちゃん語をしゃべったり、夜尿をしたりする。つまり、発達の前の状態に「退行」するわけである。大人の場合も、急にばかげた子どもっぽいことをしたくなったり、仕事をサボったりという「退行」状態になることもある。

このようなときは、自分が適切に使うべき心のエネルギーを使っていないので、心のエネルギーが「退行」している、というふうに考えて、このときにも「退行」という言葉を使うことがある。いずれにしろ、状態としては同じような場合である。

ここに示したように、「退行」には悪いイメージがつきまとうが、創造的な仕事をした人の心理状態を研究すると、創造に移る前に、「退行」現象が見られることがわかってきた。使用するエネルギーがどこかに消えうせたようになって、ただぼうっとしていたり、ウロウロしたり、子どもじみたことをしたり。と思っているうちに、エネルギーの「進行」が生じてきて、新しいアイデアが出現してくる。

もちろん、この「退行」の前には、必死になって考えるとか、いろいろ調査するとかの努力がいる。その後で、万策尽きた感じで退行状態に陥っていると、心の深層で創造的なはたらきが生まれてくるのだ。

ある企業で、このような創造的退行の話をしたら、すぐ質問する人があって、自分は特許などのアイデアがハッと思い浮かぶのは、だれか他人に何かを説明してやったり、説明しようと努力しているときで、それは「退行状態」とはまったく異なると思うが、それについてどう考えるのか、ということだった。

このような質問は大歓迎である。刺激を与えられて、こちらも新しい考えを出さねばならない。人間はそれぞれ、自分がものごとを理解するためのシステムや枠組みを持っている。それは、あんがい固いもので簡単には変わらない。したがって、人間はそれほど創造的には生きられないのだ。

創造的退行とは、その枠組みを緩めてみる状態だ。タガを外した状態のなかから、ふと新しいものが生まれてくる。それが創造につながる。

他人に対して説明や説得をしているときはどうだろう。このときは心のエネルギーを使ってやらねばならないので、もちろん退行などしておられない。

しかし、他人というのは自分と何らかの意味で異なる枠組みをもって生きているので、それを説明したり、説得を試みるときは、自分の枠組みを緩めたり、少し変えてみたりして、相手に合わそうとする。そのうえ、他人に話すということで、自分の考えを客観視することができる。

このために、ハッと新しい考えが思い浮かんだりするのだ。退行するかしないかよりは、自分の枠組みをどこまで外してみられるか。それを客観視することができるか、ということが、創造性の要因と言えるのだろう。

摂言障害

タイトルを見て、誤植ではないかと思われた人は多いだろう。これは、このごろ多い「摂食障害」をもじってつくった造語である。もちろん、こんな言葉はない。

摂食障害は、拒食症や過食症を総称してつくられた名称である。拒食症は食事をする気がなくなったり、食べたいのだけれど食べられないという状態になったりして、だんだんとやせ細り、重いときには、それによって命を失う人もある。

過食はその反転した状態で、ともかくやたらに食べるのだが、味などはどうでもよく、ひたすら胃に詰め込むという感じで、最後は食べたものをすべて吐いてしまうことになる。これも命を失うときがある。

ところで、このような拒食症は、初めは貴族の病であった。つまり、食物が豊富にないと生じない病である。それが前世紀あたりから、すなわち一般に食べるものがやたらに豊かになったころから急に広がり（といっても、いわゆる先進国だけだが）、多くの人が苦しむようになった。

摂食障害の治療には、臨床医がいろいろと取り組んでいるのだが、このことから連想して、「摂言障害」と言っていいような、ある種の「病」が横行しているのに、それをあまり「病」として意識しないで、本人も周囲の人も困っているのではないか、とふと思ったのである。

つまり、あまりにもすべてが豊かになって、書物にしろ、インターネットにしろ、言語情報が豊かになりすぎたために、その摂取障害が起こっているように思うのである。一般に書物が満ちあふれているので、本を読まない人が、逆に増えたのではないだろうか。

これはよく挙げる例であるが、本好きの父親が子どものためによい本だというので、児童文学全集などをやたらに買い込んだが、子どもは見向きもしない。そこで私のところに、「いまの子どもはどうして本を読まないのか」と相談に来たが、これなど、あまりに書物がありすぎて、子どもが〝拒本症〟になったようなものである。

これとは逆に過食症に似ているのは、あちらの知識、こちらの情報と「食いあさる」ので、その言葉を消化する暇がなく、結局は自分のものにならないのを吐き出してしまうような場合である。

食べる場合は、それでも胃袋があるので、どの程度が拒食、過食かとわかりやすいのだが、言葉のほうは、自分に必要な量がわかりにくいので、いったい、食べたりないのか、食べすぎなのかの判断が難しい。ここのところが、自分の「病」を自覚できないという困難な点である。

それに現在は、電子メールで簡単に言葉のやりとりができるので、非常に便利になったようだが、ここにも摂言障害の要因があるようだ。

それは、極めて手軽にやりとりができるので、その言葉が「料理」されたものかどうかを区別することなく、のみ込んでしまう。言うなれば、泥のついたままの素材をそのままのみ込んで、消化不良や中毒などを病んでいる人もいるのではなかろうか。

摂言障害を増やさないために、現在は、言語の摂取という点で、これまで意識しなかったようなことまでよく考え、吟味する必要があるように思う。

鍋料理感覚

最近、びっくりするようなことを聞いた。ある大学の合宿で鍋料理をしたら、

「どのように食べるのですか」

と戸惑って、鍋に手を出さない学生がいたという。何から手をつけて何をどのくらい食べるといいのかわからない、とのこと。生まれてから家で鍋料理を食べたことがない、というのであきれてしまったというのである。

こんな話を聞いて、あれこれ考えていたら、朝日新聞の「みみずくの夜《ヨル》メール」というコラム（２００３年11月刊）に、作家の五木寛之さんが「すき焼き」のことを書いておられた。そのなかに、五木さんの子ども時代の「すき焼き」のことが書かれていたが、私の子ども時代の体験と

まったく同じでうれしくなってしまった。

すき焼きは大変なごちそうだ。しかし、肉はそれほどたくさんではなく、細切れである。主力は野菜、こんにゃく、豆腐などの類で、そのかげに小さい切れの肉が隠れている。それに家族全員が手を伸ばして、好きなように食べる。語源としては「鋤《すき》」で肉を焼いたからと言われているが、家庭料理としての「すき焼き」では、焼くほどの肉は入っていないのが常であった。

好きなように食べていい、とはいうものの、そこに暗黙のルールがある。肉を勝手にたくさん食べてはいけないのだ。べつに計算するわけではないが、子どもたちはだいたい同じくらいだったのではないだろうか。そして、父親が少し多く、母親は少なめに、というところだろう。

皆で楽しく、わいわいと話をし、会話を楽しみ、鍋を中心にして、何とも言えぬ家庭の雰囲気ができあがるのだが、これは考えてみると、日本人の人間関係を形成する家庭教育の典型的な場ではなかったろうか。

ここで行われていることを、言葉によっていかめしく説明してみると、次のようになるだろう。
1、何も規則はなく、各人は自分の好きなようにふるまうとよい。
2、ただし、自分だけ得をすることのないように、各人は全体の調和を常にこころがけていなくてはならない。
難しい規則はないが、全員が「鍋料理感覚」を身につけていなくてはならない。そんな大げさなことを、という人に対しては、最初に述べた鍋料理に困惑した学生のように、近ごろの子どもには、このような感覚を身につけてはいないので大人を困らせる者がいる、という点を指摘したい。

ここに示したように、日本の家庭では、父親が特別に、言葉によって日本人の「つきあい方」などということを教えなくとも、すき焼きを食べたりしているうちに、それは自然に身につくのであった。これが一般の家庭教育である。それはなかなかよい方法で、ここではすき焼きのことを取り上げたが、日常生活のいろいろなところで、無言のうちに、家庭教育が自然に行われるように仕組まれていた。

ところが、経済的に豊かになったため、日本人の生活様式は一変した。家庭のすき焼きも、いまでは肉を焼くすき焼きをしているだろう。栄養はたっぷりだが家庭教育は喪失した。

ものがやたらに豊かな日本の生活のなかで、家庭教育をどうするのか真剣に考えねばならない。

心波交信

今回もまた新造語のタイトルである。もちろん「電波交信」のもじりである。電波というものは実に大変なものだ。人類はこんなものの存在など、長い間まったく知らなかった。電波ではなく、電気通信が出現して人間があっと驚いたのも、言ってみれば最近のことだ。私が子どもだったころは、遠くにいる息子に服を送ろうとして、電線にそれを引っかけておいた、間抜けな父親の話など聞いて笑ったりしたものだ。ところが、今では電線という目に見えるものを介さず、だれにも見えない電波によって交信できるのである。

遠く離れた者が簡単に意思疎通ができる、これはほんとうに素晴らしいことだ。私がアメリカに留学した1959年ごろは、電話代が高く、家族との交信はすべて手紙であった。それでも航空便という便利なもののおかげで早くできるなどと思ったものだ。

ところが、今はどうだろう。ＩＴの威力によって、瞬時にあちこちと交信できる。世界の情勢もすぐわかる。ＩＴによって世界中のことが瞬間にわかる、と言った人に、「世界中の天気はすべてわかりますが、お宅の家で嵐が吹き荒《すさ》んでいるのはわからないでしょう」と冗談を言ったことがある。

電波によって世界中のあちこちと交信できるのだが、自分の身近な人との「心波交信」の回路は切断されたり、閉じられたりしていることはないだろうか。

心と心が「通じる」ということは、ほんとうに不思議なことだ。通じる人、通じない人、通じるとき、通じないとき、いろいろな場合があって、やはり「通じる」ためには努力や工夫が必要だ。

ＩＴだって何もせずに通じるはずはない。器具を買いそろえねばならない。操作の方法を習得しなくてはならない。心波交信の場合の努力と工夫はどうなのか。それはやはり機械の「操作」とは違うのだ。

ところが、下手に機械の操作に熱中していると、心波まで操作できるように錯覚するのではなかろうか。そして、結局のところ、心の心波回路は閉じられて、だれともつながらない孤独に追い込まれてゆく。これを避けるためには、心と心をつなぐ在り方、生き方を、人々はもう一度じっくりと考え、それを習得することに努力する必要がありはしないか。

こんなことを考えていたときに、極めて象徴的な悲しい事件が生じた。インターネットでの交信によって、3人の人が一緒に集まって自殺をしてしまったのだ。この人たちは、ほんとうに寂しい人たちだったろう。そして、インターネットを通じて、お互いの心が通じたと感じたが、その結果は、3人そろって、この世のつながりを「切る」行為をすることであった。

ここに示されている、「つながること」と「切ること」の逆説のなかに、電波と心波が関連していて、現代に生きる難しさが痛感させられる。

心が通じることとの根本は、「操作する」ことの反対である。相手をどう利用するか、どう役立てるかと関係なく、ともかく、そこに共にいることがうれしい。これが心波交信の基礎にあることを、忘れないようにしたいものである。発信も受信も自然に行われるのである。自然な心のつながりを大切にしたい。

仲よしのけんか

非常に仲のよかった人が思いがけない「けんか」をする。理由はまったく些細なことであったりするのに、後は「けんか別れ」になってしまって、周囲の者には納得がいかない、などということがある。

この「仲よしのけんか」について考えるための典型的な例が見つかった。佐々木徹『東山魁夷ものがたり』（ビジョン企画出版社）は、その帯の「戦後日本を代表する画家　東山魁夷の全生涯！」という言葉どおり、偉大な芸術家の姿に接することができて、実に素晴らしいのだが、今回はそれは抜きにして、そこに述べられていた次のようなエピソードを取り上げる。

東山魁夷は兄弟仲が大変よくて、弟の泰介《たいすけ》を非常にかわいがっていた。彼が中学2年のある日、

泰介が鉛筆を貸してとやってきた。新吉（魁夷の本名）は、

「ああ、いいから、もってゆき」

と言うつもりだったのに、なぜか、

「いかん！　おまえの鉛筆を使え！」

と言ってしまう。

弟は甘えるようにして、自分のは折れていると言うのだが、

「折れとったら、けずってもらえ！」

と怒鳴ってしまい、弟は怒ってどんどん畳をふみつけながら向こうへ行こうとするので、新吉はかっとして枕を弟に投げつける。後はおきまりのけんか。

しばらくして、新吉は急に弟がかわいそうになって、明日は蝉をとってやろうなどと考えていると、泰介がやってきてビスケットをくれ、明日は蝉をとってやるよと、めでたく仲直りする。

ふたり（あるいは、それ以上）の人間が、あまりにも仲よくなると、「一心同体」のようになる。時にそうなるのはいいとして、あまりにも同体になってしまうと、自分の気づかぬところで、「心」のほうは窮屈に感じはじめるようだ。なんと言っても、人はそれぞれ異なるのだ。いつもいつも「一心同体」ではあり得ないのだ。

新吉の場合、思春期を迎えて、心の自立性が高まってきていたのだろう。そのために、いつもの心の働きを超えて、底から突きあげる力が急にとび出てきて、思いがけない強い言葉を発して

しまったのだ。弟は驚いて、いつものように甘えて関係を回復しようとするが、それさえも突き放してしまう。ほんとうは、仲が悪いのでも、弟が悪いのでもない。しかし、自分でもコントロールできない力がそこにははたらいてくるのだ。

仲のよいのを無理に離そうとするので、それは極めて理不尽であったり、やたらに厳しい言葉が出てきたりして、そのために、けんかが破局的になってしまうことがある。売り言葉に買い言葉が重なり泥仕合になると、なかなか収拾がつかなくなる。

自分の周囲を見回しても、あるいは、歴史的な例を見ても、このような例があることに気づかれることだろう。

東山兄弟は、これまでの仲のよさや、血のつながりなどもあって、上手に収まってゆく。これを見ていると、「きょうだいげんか」が、いかに人生にとって大切な学習機会であるかがよくわかる。

こう思ってみると、子どものころから、きょうだいげんかと仲直りの体験をしてきている人は、成人してからも争いの後の関係修復が上手なように思うが、どうであろう。

起こり得ないこと

さいたま芸術劇場で目下上演中（2003年）の、シェークスピア作、蜷川幸雄演出の「ペリクリーズ」を見た。ロマンス劇と名づけられているシェークスピア晩年のこの作品では、そんなこと「起こり得ない」と思われる事件がつぎつぎと生じ、それによって主人公のペリクリーズは不幸のどん底に突き落とされるが、これまた「起こり得ない」と思われることがつぎつぎと起こって、最後は幸福極まりない大団円となる。

「起こり得ないこと」のはずが、舞台の上で起こると、まさに起こるべきことが起こったとさえ感じられて、観客は「そうだ、そうだ」と納得し、最後は立ち上がって拍手したくなる。このように観客の心を惹きつけてゆくところに原作の素晴らしさがあり、それを現代に生かす演出家、俳優などの工夫や努力がある。

この劇は、本場のロンドンでも上演されるとのことだが、そこでも大成功するに違いない。国際的評価を勝ち取る素晴らしい公演だと思う。

演劇論はさておいて、私はどうしても自分の専門の心理療法のことを考えてしまう。先に「起こり得ないこと」などと書いたが、考えてみると、心理療法の過程のなかで、立ち直っていった人たちは、すべて「起こり得ないこと」を経験している、と言っていいことに気がつくのだ。言うならば、「起こり得ないこと」は「必ず起こる」のである。

言いかえると、一般に人々は「起こり得ない」と考えるのが好きなのではなかろうか。札つきの非行少年などという子は、その子がまともになることは「起こり得ない」と思われているのだ。「大酒飲みの父親」は、酒をやめることなど「起こり得ない」と思われている。どうしてそんなに決めつけるのだろうか。それは、人間にとって、ものごとは決まっているほうが考えるのに都合がいいからである。AはAと決まっているほうが、ものごとは簡単に考えられる。

もっとも、「起こり得ない」ことは確かになかなか起こり得ないことも事実だし、起こったと思っても、どんでん返しも実に多い。

「これから真人間になる」などと何度も言うのを趣味にしているのかな、と思いたくなる人もあるし、アルコール依存症の人が「禁酒」を宣言しても、それほど単純には喜んでおられない。甘い期待はだいたい裏切られる、と言っていいだろう。

精神科医の中井久夫の言葉に、病に対する「最大の処方は、希望である」という、私の好きな言葉がある。確かに、何のかのと言うよりは、揺るぎのない希望をもって人に接するのが、われわれ心理療法家の最大の役割ではないかと思う。

とはいっても、「希望つぶし」の名人のような方々とお会いすることが多いので、こちらも大変である。そんなときに、私は自分がどれほど多くの、希望に至る心の回路をもっているのかが勝負どころかと思ったりする。ひとつやふたつつぶされても、大丈夫なのだ。

そんな点で言えば、「ペリクリーズ」のような舞台に接し、「起こり得ないこと」がどんどん起こるのを心をおどらせながら体験するのは、私の心のなかの希望の回路を豊かにする偉大な効用がある、と思う。観劇で希望の回路が増えてありがたいことである。

家庭震災

阪神・淡路大震災のときは、「心のケア」に多くの人が関心を持ち、ＰＴＳＤ（心的外傷後ストレス障害）という言葉が一般に知られるほどになった。今もなおこの苦しみを背負っている人もある。

震災の場合は、その恐ろしさが多くの人に共通して体験され、その破壊状況もよく見えるので、その後の「心のケア」を何とかしなければ、ということにも説得力がある。だからこそ、多くの人や費用を使って、心の健康の回復の仕事がなされたのである。

ところが、ある家庭内の「震災」となると話は変わってくる。ここに言う、家庭内の「震災」とは、家庭を揺るがす何らかの災害のことを言っている。働きざかりの父親が事故で急死するとか、親戚の者がお金の無心に怒鳴りこんでくるとか、あるいは、火事で家が焼けることもあろう。どの家庭にしろ、このような「家庭震災」を経験しないことはないだろう。それを各人が努力して克服しているのである。時には、「雨降って地固まる」というとおり、家族一同の心のつながりがそれによって緊密になることもあろう。

今日ここで取りあげたいのは、そのような類のものではなく、子どもは「大震災」として受けとめているのに、親はほとんど感じていない、というスレ違いによる問題が生じるような「家庭震災」である。

それは「夫婦喧嘩」である。子どもにとって頼りとするのは、父親であり母親である。その基盤が揺らぐのだから、文字どおりの「震災」である。子どもにとっては、「この世の終わり」と感じられるほどのことだ。ところが、親のほうは、後で大人の知恵でごまかしたり、あっさり仲直りしたり、要は「大したことはない」と思っている。ここに大きなズレが生じる。

両親の争いを見て茫然としてしまって、宿題をしてゆかず、「優等生のくせに何だ！」と先生に強く叱責されて、心の傷をより深くして、なかなか立ち直れなかった子もある。

といって、「夫婦喧嘩絶対反対」などと言う気はない。ないほうがよいのは当然だが、夫婦喧嘩は一度もなしなどという家は、震災は起こらないかもしれないが、火の気がほとんどないような家庭だろう。こちらは、寒さのために苦しむかもしれない。

子どもは両親の争いを見て、「震災」の体験をするが、その後の両親の態度や、きょうだいとの関係、それとその後の「人生勉強」によって、自らの傷を癒やしたり、「震災」の程度によってはそれほど怖がることもない、と知ったりして成長してゆく。端的に言えば、人間は傷つき癒やし癒やされることによって、成長してゆくのだ。傷つくことを恐れてばかりはおれない。

しかし、子どもの心の傷と、親の無関心、しかも親自身が震源地なのに、というズレが大きくなったとき、子どものその後の人生は実に大変なことになる。このとき、その「震災」がまったく個人的なので、だれの同情も支援もない。それどころか、むしろ「しっかりしろ」などと非難されることのほうが多いだろう。

このような子どもに会うことが多いので、こんなことをつい言いたくなるのだ。夫婦喧嘩も時にはよろしいが、子どもの心の震災に少し心を配っていただきたいのである。

涅槃への道程

高齢化社会になって、「老いる」ことの難しさがよく話題になる。私ももうそろそろ75歳。老人というものにふさわしくなってきたので、「いかに老いるか」は大切な問題である。そんなわけで最近手に入れた一冊の本は示唆するところが多い。……というよりは、勇気づけられる想いのするものであった。

篠田瀞花《せいか》書作集『凛　いのち曼陀羅』（藤原書店）は、鶴見和子さんの歌に心を打たれた書家の篠田瀞花さんが、それらを書にした作品集である。短歌と書と、それぞれの魅力がうまく溶け合って素晴らしい作品となっている。

ご存じの方も多いと思うが念のために鶴見和子さんを簡単に紹介しておくと、彼女は国際的に活躍する社会学者である。その鶴見さんが脳出血に倒れてしまった。

ところが、その回復の途上で、まったく思いがけなく心のなかから短歌が湧き出てくるのを体験する。鶴見さんは若いころに短歌に親しんでおられたが、学問の世界に入ってからは、まったく縁を切っておられた。それが病に倒れ、その回復のときに思いがけず噴出してきたのだ。


半世紀死火山となりしを轟きて　煙くゆらす歌の火の山

この歌は、鶴見さんの最初の歌集『回生』の冒頭にあるものだが、これを見るとだれしも、鶴見さんの体験がそのまま伝わってくるのを感じるだろう。私もこれを見て感激のあまり、何かのコラムに書いたことを思い出す。

ところで、篠田さんは病にあった御夫君の介護に疲れきっているときに、『回生』に出あい、心から励まされる。そして、しばらくして発刊された『花道』にも接し、この二つの歌集のなかから自分の好きな歌を選び、「書」の作品を生み出してゆく。

『花道』にも素晴らしい作品がたくさん収められている。私はこの題名にも心を打たれた。というのは、生前親しくつきあってくださった白洲正子さんが一度危篤になり、奇跡的に再起されたときに経験した自らの臨死体験について、話してくださったことがあったからだ。

それは素晴らしい花吹雪の文字どおりの「花道」で、「これなら大丈夫、ひとりで行ける」と思い、「大丈夫、大丈夫」と言いながら歩いていた、とのこと。白洲さんの「花道」を思い起こすと、この題名に心惹かれるものを感じるのだ。

『凜　いのち曼陀羅』の書は、そのひとつひとつに味わいがあるが、なかでも私は次の一首に深く印象づけられた。

おもむろに自然に近くなりゆくを　老いとはいわじ涅槃《ねはん》とぞいわむ

確かに老いによって、体は思いのままに動かなくなってゆくのが実感される。心のほうも動きは鈍くなる。それを鶴見さんは、「自然に近くなりゆく」ととらえ、涅槃への道程と感じる。このように言われると、老いから死に至る道に、ややもするとつきまとってくる恐れや暗さから、解き放たれる感じがするのだ。そして、篠田瀞花さんの「書」はそれを見事に表現している。なんだかほど遠いと感じていた涅槃が、身近に感じられてくるのである。

最後に私の好きな歌をもうひとつ紹介する。

萎えたるは萎えたるままに美しく　歩み納めむこの花道を

コジンシュギ

日本人は現在、個人の確立や個性の尊重を重要なこととして認識している。しかし、それは西洋の個人主義をよく理解していないので、欧米人から見ると日本特有のへんてこな「コジンシュギ」になっている。

社会や他人と自分との関係を重視しない、自分勝手主義になっているのだ。そして、それに気づいた日本人のなかには、だから「西洋の個人主義は駄目だ」などと見当違いのことを言う人もある。

私が最近、編集・出版した『「個人」の探求　日本文化のなかで』（NHK出版）で、オーストラリアの社会学者で、日本語を巧みに話す知日家のポーリン・ケントさんが、「日本人のコジンシュギ」について論じていて、それが現代のわれわれ日本人にとって非常に大切なことと思うので、ここに紹介しておきたい。

ケントさんの論の特徴は、最近の日本の若者は「自己チュー」でけしからん、などというのではなく、このような若者が育ってくる要因として、日本の家庭や家族の在り方がいかに関係してくるかを具体的に納得のゆく形で示しているところにある。

まず、ケントさんは、日本人の「個室」の使い方が欧米とはまったく異なることを指摘する。欧米でも、一定の年齢に達した子どもに部屋を与えるのは事実だ。しかし、それは「寝室」であって「個室」ではないのだ。寝るときや着替えるとき以外は、子どもはだいたい家族と一緒に、居間かキッチン、ダイニングにいるのが普通である。

「親子の口論も、キョウダイ（兄弟姉妹）のけんかも居間やその他の共有スペースで起こる。だから家族という小さな集団のなかで、人と人がともに生活することのむずかしさと素晴らしさを学ぶことができる」

とケントさんは言う。

「子どもがドアを閉めて寝室にこもっていれば、親は異常事態だと受け止め、当然すぐにノックして子どもと話し合うために入ろうとする。ところが、日本の親は部屋にこもった子供を放っておくのがプライバシーの尊重だと考えているふうだ」

こんなふうに引用し始めると、すべて引用したい誘惑にかられるほどだが、ケントさんの指摘は実に的確である。個人を育てるためにつくられたはずの「個室」が、日本では個人主義を成し遂げるために必要な対人関係の訓練から逃避する場になってしまっているのだ。

次に家族の在り方である。家族一同が食事をし、そこで会話を楽しむとともに食事のマナーについて学び、あるいは、ものごとについての考え方や、対処の仕方などを学んで「個人」として成長してゆくべきであるのに、日本の現在はどうであろう。家族がバラバラに食事をするところが多くなっている。

それに、家庭内のすべてのことに画一化、商品化がすすみ、家族一同が、妙に「平等」になってしまっている。これでは、だれが責任を持って、子どもが「個人」としての大人に育ってゆくのに必要な教育をするのだろう。

日本の親は子どもの「勉強」だけにこだわり、「個人」としての訓練をおこたっている。

近ごろの若者のことを嘆く以前に、日本人の大人が自分の生活を振り返り、コジンシュギ生産に加担していないかを検討する必要があるようだ。

囹圄

タイトルの字、読めましたか。実は私もまったく知りませんでした。「れいご」「れいぎょ」と読んで、牢屋、獄舎を意味する。

これは目下上映中の映画、筒井康隆原作、東陽一監督の「わたしのグランパ」に出てくるのだ。石原さとみ演ずる主人公の少女が、父の日記を見て、「父は囹圄の人であり」というのを読み、何だろうと思うところから話が始まる。中学生の珠子はいじめに遭ったりして、少女時代をいかに生きるか苦労しているときに、「囹圄の人」である祖父が刑務所を出て帰ってくる。そこで珠子とグランパとの物語が展開するのだ。

囹圄という字を見たとき、どちらも囲いのなかに閉じ込められている感じがするなと思ったのだが、文字どおりそれは、囲いのなかの生活を意味する言葉であった。自由を欲する人間は閉じ込められることを嫌うが、「閉じ込め」にもプラスの意味がある。

本書に「さなぎの内と外」という題で、人間の思春期が「さなぎ」の時期だということを書いた。人間は大変革を遂げるとき、外から見ると殻に閉じ込もって何もしていないように見えながら、内側では大変な変化を体験するということが必要なのだ。

珠子が経験する「さなぎ」の体験は、大変なことだが、その殻が破れぬように守ってくれるのが、グランパである。映画を観られるときの楽しみのため詳細を述べるのは控えるが、このグランパは少女を守る理想像のようである。

菅原文太の演ずるグランパの姿に心を奪われながらも、いまどきいったい、こんな老人がいるものかと言いたくなってくるが、実は少女の「守り」におじいちゃんが登場するのは、昔からよくある話である。親は子どもの成長を焦ってセカセカしたり、自分たち自身のことにかまけたりして、適当な「守り」になりにくい。子どもの成長を焦るあまり、さなぎの殻を破ってなかを見たがるような親もいる。

いまどきには珍しい老人と思ったが、このグランパは、13年間も囹圄の人であった。ということは、彼は13年間の囹圄生活を、自らの努力によって「さなぎ」の体験として生かし、この間にシャバにいた老人たちが「現代ふう」になって、孫の「守り」となるだけの強さや心意気を失っている間に、立派な「グランパ」として脱皮していったのではなかろうか。

思春期とは限らない。人間は大きく成長するためには、何らかの「さなぎ」の体験を必要とするのだ。

グランパの活躍で、珠子も「さなぎ」の時期を終え、新しい生き方に挑戦するようになってきたときに、グランパは思いがけないことで死に、一同の深い悲しみを誘う。

ところで、さなぎといえば、多くの死を迎える人につきそい、『死ぬ瞬間』の著者として著名な、キューブラー・ロスの講演を聴いたことを思い出す。彼女は、人間にとってこの世の生は「さなぎ」であり、死ぬことは死後の世界へ「蝶」となって飛び立つことだという。

グランパは蝶となって死後の世界に飛び立ったのだ。とするとグランパのさなぎ体験を支えたのは孫娘の珠子だったのではなかろうか。人間は、だれかが一方的にだれかの役に立つようなことはなく、思いのほか相互的と思われる。

燃えつき防止策

最近、日本医学会総会に招かれて、「医療者のメンタルヘルス」という題で発表してきた。このような点についての発表を依頼した医学会の見識に感心した。患者の心身の健康のために働いている医療者自身も、その心の健康について配慮すべきなのである。

そのときに論じたことのうちで一般にも通じることをひとつ述べてみよう。それは、いわゆる「燃えつき症候群」についてである。一生懸命に仕事に熱中しているが、それが長期に及ぶと、急に意欲が減退し、気力もなくなって、「燃えつきた」抜け殻のようになってくる。

医療の場合は、相手が生きている人間なので、「患者さんのために」と努力していると、ついつい自分の限界を忘れて仕事をしてしまう。そのうち、急激に「燃えつき症候群」に悩まされることになる。

そこで、「燃えつき」ないように、自分の力をセーブして、いつも限界を考えて仕事をするという考え方がある。これに対して、端から見ていても、あんなに働いていいのかな、と思うほど働き、そのうえ、趣味にも時間やエネルギーを費やしながら、それでも燃えつきもせず元気な人がいるのも事実である。

仕事をしすぎないように、いつも力の節約を心がけながら、それでも疲れた顔をしている人もいるが、これについてはまたいつか話すとして、ここでは、どんどん働きながら、燃えつきない人の場合について考えてみよう。

ここで大切なことは、「疲れる」という場合、身体のエネルギーだけではなく、心のエネルギーの消費も関係していることを認識すべきである。身体のエネルギーは使えば減り、食事や睡眠によって補給する。この循環がうまくいっていると、少々の無理をしても回復する。

これに対して、「心のエネルギー」は使えば減るのだが、ある意味では、上手に使えば使うほど増えるようなところがある。ここのところをよく認識しておかねばならない。

たとえば、看護師さんが面倒くさがらずに、患者さんに丁寧に接したりしたとき、患者さんが心から「ありがとうございました」と言い、それが自分の心に届くと、心のエネルギーを患者さんからもらうことになるのだ。つまり、心のエネルギーの循環がよくなると、それは与えることともらうことが適切に進行し、自分の心のエネルギーが減少することがないのである。時には、自分の使った量より、もらうほうが多いと感じるときさえある。

ところが、いわゆる「カタイ」人は、自分が人のために役立つのだ、ということにのみ心を奪われているので、せっかく相手から送られてくる心のエネルギーを受け止め損ねてしまう。つまり、自分はエネルギーを消費するのみになってしまうので、「燃えつき」てしまうのだ。

実は、これはあらゆることについて言える大切な事実である。子育てにしても、赤ちゃんがほほ笑みによって心のエネルギーを母親に与えているのに、それを受け止め損なうと、その人は育児疲れで燃えつきるかもしれない。

心のエネルギーの循環に気づき、それを自分にうまく採り入れることを学ぶと、人間は相当に働いたり、趣味に力を注いだりしても、元気でいられるのである。

対話の準備

何ごとをするにも準備が必要である。高い山の登山などというと、山頂に立つのは、ほとんど一瞬といっていいほどだが、それに対する準備には、どのくらいの労力と期間がかかっているか、素人には想像もつかないほどである。

スポーツ選手や舞台に立つ芸術家などの場合は、大切な勝負、出番となると、体の調子を整え、心構えもしっかりとし、長い期間を経て、その場に臨む。それでも自分の思いどおりの能力が発揮されずに悔やむことさえある。

このように、すべて「準備」が必要であることをだれでも知っているのだが、実に大切なことであるのに、あんがい「準備」なしで臨んでしまうことに「対話」ということがある、と私は思っている。

その対話の成り行きが、その人の一生を左右する、とまではいかないにしても、一生、問題を引きずってゆくことになるのに、準備なしで覚悟もないままに臨んでしまうために、失敗をしてしまうのである。

どうも、中学生の息子の様子がおかしい。落ち着きがないし、家族を避けるようにばかりしている。これはどうしても話し合いが必要だ。このようなとき、対話に臨むに際して、親はどれだけの準備をしているだろうか。このときの話し合いの結果には、その子の、あるいはその家族の将来がかかっているのだ。

ではどのような準備が必要か。まず体調を整えることである。ちゃんと食事をし睡眠をとり、たとえ話が徹夜になろうと大丈夫という状態でなければならない。次に「心の準備」である。実は、これができていない人が多いのである。

「心の準備」で最大のことは、徹底して相手の話を聴こうと覚悟することである。多くの親は、子どもと「対話」すると言いながら、まったく相互的な話し合いにならず、一方的に言い立てる場合が多いのだ。まず相手の言うことに耳を傾けて聴く。これはよほどの覚悟がないとできないし、何でも聴こうという心の広がりがないと駄目である。

親でも教師でも、「何でも自由に話しなさい」と言って話を聴こうとしたが、子どもが何も言ってくれない、という人がよくあるが、これはまさに「心の準備」不足である。

スポーツマンも、体調を整えて準備をしてゆくが、勝負のときは、大変な集中力とともに、リラックスしていないといけない。いわゆる「肩に力が入る」状態はよくない。すべてに緊張しているのは駄目である。

「何でも自由に」などと言いながら、大人のほうが自由でなくては話にならない。どんなことを話しても大丈夫というリラックスした心のあり方を大人が持っていないと、口で言うだけでは意味がない。相手の体を縛っておいて、「自由に動きなさい」と言うのと同じような「対話」をしたがる大人が多いのだ。

心の準備をしての対話はエネルギーも時間もかかって、大変だ。しかし、一生の間に何度かは、家族の間にこのようなことが必要だ、と私は思っている。これを逃した人は、大切な勝負に体の調整を失敗してしまったスポーツマンと同様のことになる。

対話の準備のことを知って実行することによって、その人の一生はずいぶんと変わってくることだろう。

生活の中のカミ

本書に以前、「宗教の処方箋」という題で二宮尊徳の「神道一匙《ひとさじ》・儒仏半匙ずつ」という言葉を紹介したら、いろいろな反響があった。まさに日本人の宗教観をピタリと言い表しているというものもあったが、それはわかるとして、実際にはどうしたらいいのですか、という問いもあった。

これを聞いて思い出すのは、欧米人と話をしていて自分は仏教徒だと言うと、お寺へは何曜日に行くのか、経典はどのくらい読むのか、戒律はどうかと訊かれ、曖昧に答えると、それで宗教なのかと言われたり、日本では一軒の家に仏像と神棚と両方あるというが、ほんとうはどちらを信じているのか、と訊かれたりしたことである。

日本人の宗教はどうなっているのか。これに対して私は、

「日本は日常生活の中に宗教が巧みに混じり込んでいる国なのだ」

と説明した。

日常の食事や仕事や、道を歩いているとき、そのなかにふとカミの存在を感じる。ここにわざわざカミと片仮名で書いたのは、キリスト教の神《ゴッド》や仏教の仏などと異なり、超自然的ではあるが明確にとらえられない存在で、生命あるものの「いのち」を支えてくれているような存在を、いちおうカミと呼んだのである。もちろん「ほとけさん」と呼ばれることもあるだろう。

カミそのものは見えないし、触れられないのだが、食事を味わったり、風のそよぎを感じたり、蟬の鳴き声を聞いたりするとき、その背後にカミのはたらきを感じる。これは、「神道一匙・儒仏半匙」の例かなと思っていたら、まさにそれにピッタリの映画を観ることができた。

開催中のカンヌ国際映画祭に出品された河瀬直美監督の「沙羅《しゃら》双樹《そうじゅ》」を試写会で観た。日本人の宗教性を感じさせる素晴らしい映画であった。それは奈良の町でいまも現実に起こっていることをドキュメンタリーとして撮影している、といえるような映画であるが、その映画が実にいいのである。街角の風景であったり、神社の庭であったり、日本の町や村によくある風景がそのまま写され、そこに住む人々の日常生活が映し出される。

そこには、特別に劇的な話が展開されるとか、珍しい景観が映されたり特異なキャラクターの俳優が活劇を演じたりするわけではない。しかし、それらの日常生活のあちこちに、神儒仏合わ

せて一丸ともいえそうな、カミのはたらきが見えてくるのだ。

目に見えるもの、手で触れられるもの、それらを計量して、より大きく、より高く、より速く、というふうにして「進歩」を追い求めていく世界が見失ってしまった存在。それが実は日本の日常生活のなかに息づいていることを、この映画は知らせてくれる。

思春期の男女、それぞれの家族が出てくるが、彼らの会話が実にいい。対話とはいえないほど口数が少なく、何も言っていないようでありながら、言葉の意味を超えて、実に深いものが伝えられる。

こんな映画をぜひ外国の人たちに観てほしい、日本のことがよく理解されるだろうと思ったが、それよりも日本の数多くの人にぜひ観てほしい、と言うべきだ。日本人でありながら、この映画の語っていることを忘れている人が実に多いのではないかと思われるからだ。

読書ツアー

グループで旅行を楽しむ試みは、実にいろいろとある。まったくの遊びから、知的な好奇心を満足させるものまで、多種多様な広がりがある。

おそらく、これまでに聞いたこともないような旅行を計画した。名付けて「読書ツアー」。ともかくグループでどこか気持ちのいいところに行き、各自が勝手に本を読んで帰ってくるというのである。

最近は本を読む人が少なくなったという話をよく聞くが、私は読書が大好きだし、こんな面白いことを体験しないのは損だと思う。それなら各人が勝手に本を読めばいい、ということになるが、もう少し興味が湧くようなことを、と思ったのである。とはいうものの、こんな「もの好き」なことについてくる人があるかなとも思っていた。

ところが、朝日新聞社と岩波書店が共催して、ともかく「朝から晩まで」本を読むツアーというのを企画。作家の川上弘美さんとともに、本を読もうということになった。場所をどこにするかで少し考えたが、人里離れたところでアカデミックな雰囲気があって、景色のいいところ、あまり高価でないこと、などの条件を勘案して、神田外語大学の研修施設で福島県にある、ブリティッシュ・ヒルズに決定した。ここは実に素晴らしいところで、目的にピッタリのところだ。

応募者がどれくらいあるかと心配だったが、予想外の多さでうれしくなった。宿泊施設の関係で2人1組の申し込みだったが、376組752人の応募があり、40人を選ぶのにうれしい悲鳴を上げた。親子、夫婦、友人などのペアで、小学校6年生から70歳を超える方まで、実にバラエティーに富んだグループができ、5月17日から18日に実行した。

川上さんと私が10冊の本を選定。参加者はそのなかの1冊を選んで持参する。期間中は、自分の名前と読んでいる書物の名を書いた札を胸につける。皆、ひたすら読書をするのだが、話をしたい人は談話する場所へ行って話をしてもいい。同じ本を読んでいる人が感想を話し合うのもいいことだ。

読書するだけでもいいのだが、それでは少し物足りない。さりとて、いわゆる「読書感想文」というのは、どうも面白くない。どうしようかと迷ったが、自分が読んでいる本で、「ここだ」と印象に残ったところを、それぞれが全体の前で読むことにしよう、ということになった。

そこで、400字詰め原稿用紙1枚に、自分の引用したいところ、それに関する自分の考えを書いて提出してもらった。しかし、朗読するのは引用部分のみである。これを会の終わりに一同集まって行ったのだが、非常に良かったと思う。

1分もない間に引用文を読むだけなのに、その本の面白さのみならず読み手の個性がよく出てくるのである。川上さんも私もそれに引き込まれてコメントすると、参加者からも追加の発言がある。なかなかの盛り上がりを見せて、終わりにふさわしい時間であった。

ふと思いついたことを実行して、大いに成功し、うれしくなっている。もちろん、スタッフや参加者の協力や努力のおかげも大きいが、これにヒントを得て、日本のあちこちで、「読書ツアー」が企画されるとうれしいことである。

ズル

次のような面白い話を聞いた。ビジネスマンで地位も相当に高く、社会的にも名をよく知られている人。仕事は堅実で一般の信用も厚い。この人の趣味は「碁」である。といっても、いわゆる「ザル碁」の類で、いくらやっても強くならないのだが、好きなのはやたらに好きである。

そこで部下や知り合い、それもこの人よりは地位の低い人がそのお相手をさせられる。この人に勝たそうとわざと負けると、わかってしまうと機嫌が悪い。真剣に打って勝ったり負けたりくらいのお相手がいちばんいい、ということになる。

あるとき、この人の知人、といってもこの場合は利害関係も上下関係もない人が、碁が好きなのでお相手をしていた。だんだんと相手の旗色が悪くなってきたとき、ちょっとトイレに立って帰ってきて、さあ打とうとすると、何か状況がおかしい。自分が優勢のはずと思っていたのに状況が変わっている。そこはザル碁の悲しさ、しかとは言えないのだが、自分がトイレに立っている間に、どうも相手が石をちょっと動かしたらしい。

「これはおかしいですよ」

と言おうとして相手の顔を見ると、相手はそんな顔はこれまで見たことがないというような、悲しげで、やたら神妙な顔をして盤面を見つめている。そのとき、「武士のなさけ」という言葉が心のなかにひらめいて、何もいわずに勝負を続け、結局負けてしまった。

勝つといつもは大喜びをするその人が、いちおう喜んではいるが、心なしか何か寂しげにしている。それを見ているうちに、

「人間というものは不思議なものだ。これほどの人でも、ズルをすることがあるのか」

と思うとむしろ親しみが湧いてきて、それから以前より仲良くなり、よく碁を打った。勝ったり負けたりであったが、それ以後はその人は一度もズルをしなかったし、例の件はなんだかふれてはいけない傷という感じで、一度も話さなかった。ふたりの仲はその後もよく続いている。

不正は許してはならない。しかし、実生活ではなく遊びのときに、よもやというズルをする人がある。これにどう対するかは難しい。遊びでもズルはズルだ。しかし何となくここは「武士のなさけ」でというときがあり、そこに生身の人間が生きている味が感じられることもある。これが「遊び」ということの良さなのかもしれない。

不正を許すのが武士のなさけとは限らない。

ある不正を見逃したことを、武士のなさけといった人があったので、私は、「それは違います。相手に立ち向かう武士の勇気を持っていないだけの話です」と言ったことがある。

単に「なさけ」といわず、わざわざ「武士の」とつけるのは、その気になれば相手を一刀両断できる強さを持っている、という前提のもとでの「なさけ」なのである。これを忘れては困る。

子どもが相手のときは、こんなことは考えなくても、不正を許さないことが第一、と言いたくなるのだが、子どもに対してもやはり「武士のなさけ」は必要なのではなかろうか。人間のことは、ある程度の一般原則はあるとしても、いざとなると、己を賭けて決するより仕方がないのだろう。

枠壊し

人間がこの社会のなかに生きてゆく限り、何らかの「枠」にはまっていなければならない。どのような社会でもその秩序を保つためには、いろいろな枠組みが必要である。それを壊してしまうと社会が成り立たない。

いろいろな枠組みにはまって生きている。とはいっても、子どものときからそれに慣れているので、それほど窮屈には感じないものだ。しかし考えてみると、よくもまあ、これだけ決まりきったことを毎日やっているものだと思う。背広を着てネクタイを締めて、満員の電車に乗って同じところに行く。というので、こんなことを「窮屈だ！」と思うと、たまらなくなってくる。そこで下手をすると破壊的な行為をしたり、犯罪にまでつながってきたりする。

そこまでいかなくとも、あまりにも枠にはまった行動を続けていると、だんだんとホコリがつもってきたようになって、生気が失われてしまう。時には、「たましいの洗濯」が必要である。

このために、人間はどのような社会であれ、そこに固有の「祭り」を持っている。お祭りの特徴は、いつも存在している枠が適当に外されることである。途方もない浪費、らんちき騒ぎなどが許され、たましいの自由な飛翔が許される。人々はこのときに、日常生活でたまったホコリをはらい、たましいの洗濯をして次の新しい生活に備える。

これは必要なことだが、危険なことでもあるので、多くの祭りは何らかの意味で超越的存在による守りのなかで行われる。カミやホトケがかかわってくる。

ところで現代社会の問題は、このような意味での本来的な「祭り」が急激に消滅していったことではないだろうか。守りとなるべきカミやホトケは、どれだけ信じられているだろう。「祭り」といっても、けっこう「枠」にはまって、日常生活の延長として決まりきったことをしているだけ、時には、「うるさいな」などと思いながらしているのではなかろうか。

ありがたいことに、日本ではまだ生きた「祭り」を保持しているところもある。しかし、都会に住む人々の多くは、このような祭りと無縁の生活をしているのではないか。極論かもしれぬが、このような「祭り」の欠如が、犯罪に結びつくとさえ考えられる。

ところで私は最近、素晴らしい「祭り」に参加することができた。

それは、NHK交響楽団の定期演奏会で、ネルロ・サンティ指揮のレスピーギ作曲「ローマの祭り」を聴いたときのことである。それは、まさに「祭り」そのものであった。見事な「祝祭空間」がそこに現出し、私は、体はいすに座ったままであったが、たましいは枠をまったく離れ、そこらを乱舞した。

これは、そのときの多くの聴衆が共に体験したことではなかろうか。演奏が終わったときの拍手の音にそれはよく反映されていた。うれしいことに、楽員たちも拍手をして、演奏者も聴衆も共に素晴らしい「祭り」の体験をしたことを示していた。

都会では「祭り」がないなどと言ったが、実際はこのようにあちこちで行われているのだ。人は、自分にふさわしい「祭り」を選んで参加し、たましいの洗濯をするとよいだろう。

ノーバディ

最近は「体験」ということの大切さが認識されてきて、「体験学習」が何かにつけて重んじられるようになってきた。

「高齢社会における問題点は」などと机上で論じるのも結構だが、ともかく高齢者のホームに行って、実際に「体験」してみると高齢者のことを考えるうえでも、態度が変わってくるだろう。

あるいは、「水は酸素と水素の化合物である」と単に暗記するのではなく、実験室でフラスコやビーカーなどを使って酸素と水素を化合させる実験を自らの手でするとと理解が深まるだろうし、そこからいろいろと思考や想像もはたらき始めるに違いない。

最近は土曜、日曜が休みということもあって、子どものための体験学習が企画されることも増えてきた。これは実にいいことである。これからもどんどんと発展させていただきたい。

ところで今回はこの「体験」という点を、もう少し突っ込んで考えてみよう。というのは、いろいろ体験をしながらその人は本当に体験したのかな、などと感じることも多いからだ。

例えば、高齢者に接しても「介護というのは面倒だな」だけで終わり、化学の実験もあっさり忘れて後に何も残らない。「体験」というのはなかなか面白い言葉で、それは「体にまで効果が及んでいる」ことを意味している。それは単に体を使って何かをしたということとは違う。体を張ってものごとをしながら、本当には体験していないことはよくある。

では、ここにいう「体」とはどんなことだろう。

体のことを考える上で、日本語は便利である。「身にしみて感じる」「大切なところが呑み込めた」「腑に落ちてわかった」「腹に据えかねる」「胸が痛む」など、あげていたら切りがないだろう。つまり「体」ということで、心の奥深いところを示そうとしている。「体の知恵」というものがあるはずだし、「体験」はそれにかかわってこなければならない。

こんなことを考えているとき、ふと面白い本を思い出した。バーリー・ドハティ著、中川千尋訳『ディア　ノーバディ』（新潮文庫）である。これはヤングアダルト向き、というより大人も共に読んでいただきたい傑作である。本の題名は、妊娠してしまった女子高生が自分のなかに生じてきた、いのちあるものにどう接していいかわからず、それに対して「ディア　ノーバディ（誰でもない者）」という呼びかけで手紙を書く、ということによっている。

女子高生は「ノーバディ」に対して「あなたなんかいらない。出てって」と呼びかける。この結果がどうなるかについては、ぜひこの本を読んで知っていただきたい。私がここで言いたいのは、この題名を読者への呼びかけに置き換えてみると、「親愛なる、体のない人」と言えるような気がしてきて、先に述べたように、現代人は「体」を失っているのではないか、と思ったりするのだ。

これは現代人が知的なことに重きを置きすぎた結果生じたことで、深いところでは「少子化」にまでつながってくるとさえ思えてくる。

体の意味をよく理解し、体にまで届く「体験」を重視する学習をしなくてはならないと痛感する。

お金を知る

ニューヨークにごく短期間、出張してきた。そこで見た金融関係の会社の広告に、

「われわれはお金を知っています（We Know Money）」

というものがあって、いかにもアメリカらしいな、と思った。

何とも直截で、われわれは「経済」のことを知っていますとか、「金融」について知っています、などというのより、はるかにインパクトが強い。「お金を知っている」のだから、すべておまかせくださいとか、こんなに心強いことはないという感じが伝わってくる。

これはアメリカらしい表現ではあるが、心理的には現代の日本でも同様ではないだろうか。これに対して、自分は「真理を知っている」といっても、それでどのぐらい儲かるのですと訊かれ

て、結局はお金の価値に換算されてしまうのではなかろうか。

このごろはあまり聞かれないが、「男を知る」「女を知る」などという表現もあった。「知る」というのは、なかなか重みのある言い方で、「お金を知る」とは、よく考えたものだと思う。しかし、感心ばかりしていても芸がない。

世の中には、お金より大切なものがたくさんある。私は「金のことなど気にしない」「金はいらない」などと大声で言いたてて、心のなかでは欲しがっていることが外から丸見え、というのも残念である。

「知る（know）」で思い出したことがある。ユング心理学の創始者であるC・G・ユングはインタビューしたジャーナリストに、

「あなたは神を信じますか（believe in God）」

と訊かれて、しばらく黙っていたが、ギロリとした目をして、「私は知っている（I know）」

と答えたのである。これは何とも迫力のある「知る」であった。

これは欧米でもいろいろと議論の種になった。「神を知っている」などというのは、あまりにも傲慢ではないか、そもそも神を知ることなど人間にはできないのではないか、という非難も強かった。

そこで、とうとうユングも次のような弁明をした。神を「信じる」という人たちは、ただ頭ごなしに信じていると言っているだけで、それは底の浅いものになってしまっているのではないか。

実際に、神は存在しているのだろうか、存在しているなら、それはどんなはたらきをするのだろう。それはどのような形で、この世に現れてくるのだろうか。それらの細部をよく検討して「知る」ことが必要である。

ユングは長い間かかって、これらのことを調べてきた。それのみならず、多くの悩む人たちと会って、その援助の仕事をしているなかで、「神など存在しない」という人に対して、神がどのようなはたらきをしてきたかを、細かく「知る」経験をしてきた。

神を信じるのか、信じないのか、などという議論をするよりは、自分は神をほんとうに「知る」努力をどのくらいしてきたか、その結果、どれくらいのことを知っているのか。そちらを大切にしたい、というのがユングの意見であった。

ところで、「お金を知る」という人に対して、「そうですか。私は○○を知っているのです」と落ち着き払って言えるような人は、なかなか素晴らしいことであろう。

恋愛の今昔

読みたい本はいっぱいあるが、時間がない。こう思っている人が多いだろう。私もそのひとりで、私の書斎はツンドクの山になる。しかし、旅に出るときに、そのなかから適当なのを抜き取って、旅の間に読むのは楽しい。それが、特に「アタリ!」と感じるときなど、無上の喜びになる。

最近、アメリカに出張した帰りに機中で読んだのが、まさに「アタリ!」で、私は「宙をとぶ」想いで読んだ。それは、よしもとばなな『ハゴロモ』(新潮社)であった。

主人公のほたるは、失恋の痛手を負って故郷に帰ってくる。その町は「川の隙間に存在するようなところだった」。「町中の人が眠るときも、その夢にはいつでも川の気配がよりそっていたし、彼らの人生が様々な展開を見せるとき、心の背景にはいつも川があった」。

そんな故郷で、ほたるは恋をする。その恋は、何とも言えぬ優しさと透明感によって貫かれている。

「人の、意図しない優しさは、さりげない言葉の数々は、羽衣なのだと私は思った」などという文に深く心を動かされながら、私自身がいま、羽衣はないけれど「空をとんでいる」と思った。窓外に展開する、何とも言えぬ透明な空を見ながら、「アタリ！」とうれしくなってくる。

そう言えば、似たようなアタリ体験があったぞ、と思い、いつか大阪から札幌への機中で、石井桃子『ノンちゃん雲に乗る』を読んだときのことを思い出した。あのときも、私は雲の上をとんでいた。

窓外の景色に目をこらしているうちに、ニューヨークで4日ほど前に体験した、もうひとつの恋愛物語のことを思い出した。それはプロコフィエフの「ロミオとジュリエット」のバレエであった。バレエの方はおくとして、その物語に注目するとき、これと『ハゴロモ』は実に異なるのだ。

どちらも素晴らしい恋愛であるし、「純粋」という形容詞も共通するだろう。ではどこが違うのか。あっさりと言ってしまえば、直線と円の相違なのだ。

ロミオの愛は直線的で、まっしぐらに突き進んでゆく。そして、ジュリエットもその直線上を、共にまっしぐらに進もうとする。当然のように、その直線上には強力な障害物が現れる。にもかかわらず、ふたりの直線上の動きは変わらず、最後にはご存じの通りの悲劇が訪れる。

私どもの若いときの恋愛観は、すべてこのような直線的なものであったと思う。「ひたすら」という表現にふさわしいものだった。もちろん、悲劇だけでなく喜劇もあった。ハッピーエンドもあった。

『ハゴロモ』の愛は円環的である。それは「包み」「包まれる」関係である。そこには障害物はなく、それにかかわる人は、その包まれる円環のなかに、徐々に組み込まれてゆく。ロミオとジュリエットの烈しく強い恋に対して、こちらは、温かく優しい。どちらも、運命が強くかかわっているのは同じだが、前者が運命と戦おうとするのに対して、後者は運命と共に流れる「川のような知恵」を持っている。

ロミオの愛は、真っ赤な血のイメージがふさわしいが、ほたるの愛は透明な川の水のイメージが似つかわしい。

今どきの若者たちは、果たしてどのような恋愛をしているのだろうか。

感動と疑問

タイトルをみて、これはどういう取り合わせだろう、と思われた方があるだろう。ここでは、どちらも「人を動かす力」のあるものとしてあげた。何かの話に感動して、「よし、やろう」と思う。あるいは、何かについて「なぜだろう」と思い、答えを探しているうちに、いろいろなことをしなくてはならなくなってくる。りんごが落ちるのを見て疑問を感じ、その後に相当なことをした人もある。

実は、「ロシアにおける日本年」ということで、ロシアとの文化交流の件でモスクワに行ってきた。そして、静岡県舞台芸術センターの鈴木忠志さん演出の「シラノ・ド・ベルジュラック」を観た。そのプログラムに、鈴木さんがこの劇を演出しようとしたのは、原作者エドモン・ロスタンの「シラノ・ド・ベルジュラック」に感動したためではなく、ある疑問を心に抱いたためだ、と書いているのである。

これにヒントを得て、いまこのコラムを書いているのだが、鈴木さんの疑問は、「フランスで書かれたこの戯曲に、なぜ日本人はこれほどまで感動し、好きになったのだろうか」ということである。

この疑問を出発点に、鈴木さんは日本の俳優に、主演女優はロシア人、それに音楽はイタリアのヴェルディの「椿姫」という思いがけない取り合わせで、このフランスの演劇をモスクワで上演し、モスクワの観客に深い感動をもたらしたのである。これこそ、まさに国際的な文化交流である。

公演は素晴らしかったが、ここではそれに触れず、頭書きのことを考えてみよう。感動が人を動かすことはだれでも知っているが、鈴木さんは、

「ある戯曲に感動することによってではなく、自分は疑問から出発して演出する」

という旨、書いている。

疑問によって出発するので、日本人に好かれるもうひとつの外国の演劇（オペラ）「椿姫」の音楽を、「シラノ・ド・ベルジュラック」に用いる、などという思いがけない組み合わせが生じ、創造性が高められる。

感動によって動かされるときでも、人間があらたな創造に向かうことはあるが、ともするとそ

れは受け身になったり、方向性の決まったものになりがちだ。これに対して疑問の方は、それを抱く人の主体性がかかわってくるので、どの方向に向かうやもわからず、創造的な要素が強くなってくる。エドモン・ロスタンにしても、彼の作品がどのように観客を感動させるかは、ある程度、予測し得ただろうけれど、そこから鈴木さんのような疑問が生じることなど、考えもつかなかっただろう。

親や教師などの大人が、子どもが感動するのは好きだが、疑問を持つのを嫌がることが多いのは、もっともだと考えられる。子どもの感動は、大人の「思い通り」なので、安心なのである。ところが疑問となると、どこに話が進んでゆくかわからない。そこでなるべく疑問を封じて感動させようとするので、子どもの創造性の芽がつみ取られるのではなかろうか。感動はもちろん大切なことであるが、疑問に対しても開かれた態度で大人が子どもに接し、子どもから出される疑問を育てるようにすると、創造性が高まると思う。

子どもの「指導」をする人は、このことをよく心に留めるべきである。

ＣＥＯ

最近は、あちこちで「ＣＥＯ」という言葉を見たり聞いたりする。チーフ・エグゼクティブ・オフィサーの略で、経営の最高責任者である。「社長」などというと、エライ人だろうけれど、責任の方はだれかにまかせて、という感じもするが、ＣＥＯというと、いかにもバリバリやっている感じがある。グローバリゼーションの傾向の強い現在では、日本の会社でも、ＣＥＯの役割が重要になってくる。

多摩大学の学長の中谷巌さんが主催している「40歳代ＣＥＯ育成講座」に講師として招かれた。外国と対抗し得るＣＥＯを育てようという趣旨で、一流企業の40歳代の人たちが受講している。ところで、私は最近、『神話と日本人の心』（岩波書店）という書物を上梓したが、そのなかで、古事記神話の「中空均衡構造」ということを指摘している。簡単に言ってしまうと、日本神話の中心にいる神は、名前があるだけでまったく何もしない。「空」の状態なのである。ところが全体として見ると、多くの神々が反発したり、協調したりしながらも、うまくバランスをとって全体構造をつくりあげている。

どれかが強くなって中心を占めそうになると、それに対抗したり、揺り戻そうとする力が生じて、結局はうまく中空均衡の状態に戻される。これが実に巧妙に行われるところに、日本神話の特徴がある。「中空均衡構造」は、日本人の特性を考えるうえでいろいろなヒントを与えてくれるが、もちろん、このセミナーではCEOの在り方との関連で議論された。

「中空均衡構造」と対比されるのは、「原理中心統合構造」である。一神教の場合を考えるとよくわかるだろう。中心は明確な原理を示し、力を持っていて、全体はそれによって統合されている。

このようなイメージを提供すると、すぐにお感じになると思うが、アメリカ型の組織のCEOは、「原理中心統合構造」である。このようなアメリカの強力な姿が最近ではもてはやされて、わが国でもリーダーシップ論が盛んである。CEOは原理原則を明らかにし、全員の進むべき方向を指し、リードしてゆかねばならない。

しかし、そうとばかりも言っておられないのではないか。現在のように多様化した状況のなかでは、原則や原理を同じくしてまとまるなどというのではなく、むしろ、原理を異にするものがどのように共存してゆくかを考える方が望ましいのではないか、という意見も出てくるのである。
「中空均衡構造」のＣＥＯは、外見的には何もしていないようだが、多様な考えのバランスをうまくとっている、ともいえる。

このセミナーに出席して非常によかったと思ったのは、参加者が実に自由に発言して、何かに偏することなく、中空均衡と中心統合の両方の構造について、その長所、短所をつぎつぎと明らかにしてゆくことができたことである。

結論は、この相矛盾するふたつの構造をどのように使い分けてゆくか、それをするのがＣＥＯの役割で、その困難さを認知しつつ努力する、ということであった。

もっとも、「難しいことを言うなよ、ＣＥＯとはちょっと、エライ、おっさんのことだよ」という陰の声もあるようだ。

別れる練習

人間は何か普通と異なることをするときは、練習をしなくてはならない。いつだったか、全国高等学校総合文化祭に招かれていったとき、最初に挨拶をする女子高生が、舞台裏で先生の前で真剣に練習している姿を見て、何ともほほ笑ましい気持ちになったことがある。

たった1回だけ、とはいうものの、全国から集まってきている高校生の前での挨拶。練習するのも当然だし、指導する先生も実に熱がこもっている。これが挨拶などではなく、スポーツ大会への出場となると、選手たちはどれほどの練習を繰り返すことだろう。

ところで「別れる練習」とは何だろう。これは、趙炳華《チヨウビヨンフア》（茨木のり子訳）の、「別れる練習をしながら」という詩にあった言葉である。詩の冒頭部分を引用してみよう。

別れる練習をしながら　生きよう
立ち去る練習をしながら　生きよう

たがいに時間切れになるだろうから
しかし　それが人生
この世に来て知らなくちゃならないのは
〈立ち去ること〉なんだ

これを見ておわかりのように、「別れる練習」とは、われわれがこの世から立ち去るときのための「練習」なのである。それはどうも「時間切れ」になることだろうから、早くから練習しておいたほうがいい、と詩人は言っている。こんな大切な出番のために練習しないのは、まったく手抜かりである。この詩の最後は次のように締めくくられる。

人生は　人間たちの古巣
ああ　われら　たがいに最後に交す
言葉を準備しつつ　生きよう

この詩は、最近出版された、谷川俊太郎編『祝魂歌』（発行＝ミッドナイト・プレス　発売＝星雲社）からの引用である。この本を編集した意図について、編者は「あとがき」のなかで次のように述べている。

死をどうとらえるかは、文化により時代により異なっている。現代の日本では「死は暗いもの、忌むべきもの」という感じが強いが、「私自身は年をとるにつれて、死は行き止まりではなく、その先にまだ何かがあるのではないかと考えるようになっています」。そして、「からだから解放された魂というものがあるのではないか、誰もが心の奥底でそれを知っているのではないか」。

このような意図で、谷川俊太郎の心に響いた詩が、ここに収録されている。

最初に、私も大好きなプエブロ族の古老（金関寿夫訳）の、「今日は死ぬのにもってこいの日だ」が掲載されていて、わが意を得たりと感じる。まさに「別れる練習」によって鍛え抜かれた人の、別れの言葉である。現代人は、他の（実はあまり大切ではない）練習や本番に忙殺されて、なかなかこうはゆくまい。

この詩集のなかのひとつひとつの作品が、心を打ち、「別れる練習」をさせてくれる。ある人は、「心残りなものがいっぱいあるようです／その心残りなものが何だか／自分でも判りません」（遺書＝林芙美子）と言い、ある人は「『サヨナラ』ダケガ人生ダ」（于武陵＝勧酒〈井伏鱒二訳〉と言う。

皆さんもこれを読んで少し「練習」しませんか。

流れに棹さす

日本人の国語に関する調査の結果を文化庁の国語課が最近発表して、いろいろと話題になったが、そのなかで目立った特徴のひとつとして、昔から使われていた慣用句の意味が、現代ではわからなくなったり、反対の意味にとられたりしている、ということがある。

そのなかで、「流れに棹さす」はもっとも誤解の程度のきついものである。本来の、

「傾向に乗って、ある事柄の勢いを増すような行為をすること」

が正しいとした人がわずかに12・4%。これに対して、

「傾向に逆らって、ある事柄の勢いを失わせるような行為をすること」

と答えた人は、63・6%もある（意味がわからないとした人は21・4%）。

舟を棹であやつって動かすような光景を見ることが少なくなったためもあって、こんな結果が出てくるのだろう。こうなってくると、漱石の『草枕』に出てくる、有名な「情に棹させば流される」も、なんのことかわからなくなるだろう。

この結果からの連想なのだが、人間のなかには、この言葉の誤解のように、そのときの流れに乗ろうとしたり、乗るつもりでいたりしながら、実際は流れに逆らうようなことをしてしまう、という類の人がいるということである。

もちろん、なかには、そのときの傾向や流れに反対しないと気が治まらないという人もあるが、そうではなく、「流れに棹さす」つもりが、棹を思わず反対側に、さしてしまう人のことである。

こんな傾向のある人は、人生でいろいろとつまずきを経験する。そして、私のような心理療法家のところを訪れてこられ、何かと嘆かれることが多い。

「あのときに、ああしておけばよかったのに」

「ついつい馬鹿なことをしてしまって」

とか、嘆きはつきない。そのうちに、上手に「流れに棹さして」生きている人を、「つまらぬ人間」として非難するようにもなる。

人生は複雑で不可解なものだ。そのなかで自分の個性を尊重して生きるとなると、いろいろとつまずきが生じるのも当然だ。それを「ニコニコ、スイスイ」と「流れに棹さして」生きているのは、個性がないからだ。あるいは、ズルイ生き方をしているからだ、ということになる。

私のところには、つまずきを経験して来る人が多く、その人たちが、それを乗り越えて自分の人生の意味を見いだしてゆかれるので、私もついついこれらの人に同調して、「流れに棹さして」生きている人を、何となく軽薄な人と考えがちであった。

ところが、人生経験も長くなり、実に多く、多様な人たちの相談を受けているうちに、ものごとはそれほど簡単ではないと思い始めた。他人から見て「ニコニコ、スイスイ」と見える人も、それはまたその人の「個性」の反映であり、そこにそれなりの苦労や悲しみもあることがわかってきた。

ほんとうに人間の個性はいろいろだ。流れに棹さす人。逆棹の愛好者、ついつい逆をやってしまう人。それぞれに自分の個性を見極め、それに伴う苦しみと楽しみの味がわかってくると、ともかく、他人をうらやましがることはなくなるようである。

くさる

夏は食物がくさる季節である。冷蔵庫が普及したので、あまり被害を受けることがなくなったが、私の子どものころなどは、食物がくさらないよう、親たちはずいぶんと気を使ったものだ。もっとも、冷蔵庫のなかでも、ものをくさらせる人もいるようだが。

ところで、人間の心の状態を表すのにも、「くさる」が使われるのは興味深い。

「もう、くさってしまった」

というときには、単に辛いとか失敗したとかいうだけではなく、処置なしという感じがする。そのまま放っておくと、くさりがだんだん進行してくる、という感じが、食物と同じなのである。

確かに、くさりはじめると、余計にくさることが重なってきて、どうしようもなくなる。食物はくさりはじめると止めようがない。心の方はどうだろうか。

「ふてくされる」という面白い表現がある。単に「くさる」だけではなく、どこかで居直ってい る。「放っといてくれ」という感じがある。これは、くさりの背後に「怒り」があるのだ。「どう しておれがこんな目に遭わねばならないのだ」「いくら努力しても、こうなるのだから」といっ た気持ちがあって、ふてくされるのだ。


食物などと違って、心の場合は「くさり」を止められるし、逆転ということもある。ここが人 間の「心」の面白いところである。といっても、それはもちろん簡単ではない。

「ふてくされる」場合は、扱いが難しそうで、かえって簡単である。背後にある「怒り」が回復 へのエネルギーの存在を予感させるからである。ふてくされている人は近寄ってゆくと、「放っ といてくれ！」とか怒りを示す。その怒りを正面から受けて待っていると、怒りまくっていた人 の気分がふと変わる。

「くさってばかりいずに、なんとかやってみるか」

という気分になる。こんなときに、急に「笑い」が生じるときもある。


笑いはものごとを客観化する力がある。「くさる」人は自分を客観視できない。ひたすら、「く さり」のなかに浸っているのだ。そんな自分の姿が笑いと共に、ふと見えてくると、「くさり」 からの脱出がはじまる。

こんな意味で、集団が「くさる」ときは、それを脱出するため、全員が馬鹿騒ぎをして大笑いをする、というようなことは、昔からの知恵でよくなされてきたことである。

この集団の馬鹿笑いにも通じるが、「くさり」を切るという儀式が有効なときがある。儀式やお祓《はら》いなど信じられるか、という人もある。しかし、人間は普通に起こっている心の状態を変化させるとき、常に何らかの「儀式」を必要とするものだ。全員でやらされる儀式など、何の意味もないと思っている人でも、「個人的儀式」はあんがいやっているものだ。大掃除をするとか、思い切った買い物をするとか、ふと旅に出るとか。

われわれ心理療法家としては、このような「くさり切り」の儀式をその人なりに見つけるのを援助することもある。

もっとも奥の手として、くさりはすなわち発酵に通じ、とことんくさることによって、そこに思いがけない「美酒」が得られる、という場合もある。しかし、このことはこれだけでいつかゆっくりと語る方がよさそうだ。

水清ければ

前に、「流れに棹さす」ということについて書いた。この表現をもともとの意味と逆にとる人が多い、というのが話のはじまりであった。古来のことわざとか慣用句というのには、なかなか人間の心の機微をつくようなのがあって面白い。

私のところに相談に来られる方も、自分の状態を表すために、慣用句を使われることがあるが、ときに、「ずうっと、親の骨をかじって生きてきました」などと言われて、あれっと思う。この方が感じがよく出ているなと思ったりもする。

カウンセリングでよくなったと礼を言うときに、

「先生のおかげで、私も人間が変わりました。変わるも変わるも、３６０度変わりました」

などと言う方もある。ひょっとして、人間はどんなに変わっても元通りと悟っておられるのかな、と感心する。

そんなわけで、私はことわざが好きで、「流れに棹さす」について書いたときも、時田昌瑞『岩波ことわざ辞典』（岩波書店）で念のために意味を確かめたのだが、辞典の面白いのは、何か言葉を引いたついでに、あちこち拾い読みをしていると、思いがけない思いつきをしたり、発見をしたりすることである。

今回も拾い読みしていたら、題にあげておいた「水清ければ」があった。読者のみなさんは、この後にどのような言葉をつけられるだろう。

「水清ければ魚棲まず」

を思いついた方が多いのではなかろうか。私もこれを思いついて、

「人があまりに潔癖すぎるとかえって敬遠されるということ」

という説明に、ウンウンとうなずいていたが、ふと次をみると、

「水清ければ月宿る」

とあって、

「心の清らかな人には神仏の加護があらたかであるということのたとえ」

とあるのをみて、がぜん、うれしくなってきた。

ことわざにはこのように矛盾するようなのがあるのが面白いのである。よくあげられる例とし

ては、「君子危うきに近寄らず」に対して、「虎穴に入らずんば虎子を得ず」がある。危険を冒す方がいいのか、悪いのか、判断は難しい。

こんな例を見て、だから「ことわざ」は嫌いだとか、馬鹿にしている、と怒る人がある。「いったい、水が清い方がいいのか悪いのか、わからないじゃないか」というわけである。しかし、考えてみると、人生には相反することがある場合が多いのではなかろうか。あるときは、危険を冒して成功するし、ときには、危険を避けるのが一番、というときもある。

それなら、ことわざなど不要というのも短絡的である。いろんな場合があることも知って、いろいろな対応策を知ることで、その人の豊かさが増してくるのではなかろうか。

「水清ければ」の場合は、矛盾などしていなくて、「魚は棲まないけれど、月は宿るのだ」と言っている、という解釈も成立する。「魚」をとるか「月」をとるか。この選択も難しい。物質的なものと精神的なものの違いだろうか。などと考えていると、「水清ければ」だけで、1時間、2時間楽しむことが出来る。やはり、ことわざは面白い。

威張る

人間はどうも威張るのが好きなようである。見渡してみると、あちらでもこちらでも威張っている人がいる。それほど威張ることでもないだろうに、と思うのだが、その周囲には結構ぺこぺことして、威張りの強化に励んでいる人たちもいるので、これじゃ威張りも増えるはずだな、と思う。

それにしても、それほどぺこぺこして威張りの助長に努力しなくても、と思っていると、ぺこぺこしている人は、異なる場面に行くと、結構威張り散らしていることが分かってくる。「ぺこぺこする人はその分だけ、どこかで威張ってバランスをとっている」というのが威張りに関する法則の第一にあげられそうに思う。

威張るといえば日本には、アメリカ人はすぐに威張るから嫌いだ、という人がいる。パーティーなどで初対面でも、自分はこんなことができるとか、こんなことをしてきたとか、自分の能力や才能を誇張して威張る、というのだ。もちろん、アメリカ人でも威張る人はいるが、「アメリカ人は威張るから嫌い」という一般化は、どうも間違っているようだ。

確かに日本人には、初対面の人に自分の能力や才能などについてあまりしゃべらず、むしろ私は何もできませんので、というような物言いをする人が多い。その点、アメリカ人は別に威張っているのではなく、自分の能力や才能などについては初対面であってもしっかりと事実を伝え、「正当な評価」をお互いにすることによって、その後の関係のあり方を明確にする、というような感じがある。

自分のことに関して、事実を事実としていっているので、別に威張っているわけではない、というわけである。

それに比して日本人には「私はまったく駄目な人間です」とか「何の取りえもない人間です」などと謙遜してみせて、相手が「いやいやあなたは素晴らしい方で」といわざるを得なくして、いうなれば、自分が威張るための誘い水をあちこち打ちまくるようなニセの謙虚人がいるが、これよりはアメリカ人のほうがはっきりしていていい、といえるかもしれない。

威張る、威張られる関係などより、人間対人間として普通につきあうほうがいい、といえばもっともだが、これも考えると難しいことだ。「僕はどんな人であれ、地位や財産などにかかわらず、人間として会うのだ!」などと大声で威張る人もおられるぐらいだから、人間対人間として会う、というのはあんがい大変なことなのだ。

とすると、人間対人間として会うなどという難しいことをするのはやめて、威張る人、ぺこぺこする人と役割を決め、ぺこぺこの人はどこかで威張ったりして、威張りの構図のなかに収まっているほうが楽なのかもしれない。

これじゃ面白くないと威張りの構図を抜け出て安定して生きている人を見ると、何か好きなこと、楽しいことを持っている人のように思う。自ら楽しみ、自ら好き好んですることがあり、自己充足できるので、他人のぺこぺこに支えてもらう必要もないし、威張っている暇もない、というわけである。

威張らずに謙虚に生きようなどと思わず、自分のほんとうに好きで楽しいことを見つけるのがよさそうである。

健康遊老人

長野県戸隠村で、「お話と朗読と音楽の夕べ」という楽しい会を行ってきた。そもそもは詩人の谷川俊太郎さんと岩波書店の元編集者、山田馨さんが、一宿一飯の義を感じて、戸隠の喫茶店「ランプ」のために「ランプを支える会」というのを結成していた。その友情に感激して、私とピアニストの河野美砂子さんが参加して、この会を行ったが、あまりに面白いので、ランプの会は発展的解消し、「戸隠ありったけ」というボランティアの会が発生。以後、毎年継続して今回は第5回というわけである。

ところで、会の日の朝、朝日新聞の朝刊を見ると、何と谷川さんの写真が大きく出ている。「風韻」というコラムで、「じじいになれなくて」というタイトルである。

「じじいになれなくて困っている」という書き出しで、谷川さんの語りが紹介されている。「外からみればしわ寄ってんのに、若いころと同じジーパンTシャツでいいのか、みたいなさ」という調子で、昔からあるステレオタイプのじいさんにはなれないと語る。

しかし、「自分では結構、順調に年とってるとも思うの」と、その調子で語られる。「自然と体が欲求しているものに気づく」わけで、「菜食指向になったりね。観念でものを考えすぎなくもなった」。

戸隠でバーベキューをしたが、確かに谷川さんは野菜ばかり食べている。「谷川先生はベジタリアンですか」という質問に、「そんな主義主張じゃなくて、好きなものを食べてるとこうなるんだよ」というわけで、まったく自然なところがいい。それに、見ていると、若い頃の谷川さんはアルコール類は、まったく飲まなかったのに、今はビールをよく飲んでいるから、ますます老人の知恵がつきつつあるな、と私は感心した。

山田馨さんは62歳だから、老人予備軍というところか。しかし、岩波を定年退職した後は編集の仕事は一切やめ、今は、きこりに弟子入りして修業中というのだから見事なものである。それに、そのきこりの話が実に面白い。木を自分の思っている方向に切り倒すのは、なかなか難しいらしい。何しろマニュアルというのが存在しないのだそうだ。木によってそれぞれ違う。木の周囲の状況によっても違ってくる。

木も「個性を尊重してやらねば駄目なのだ」。そうだそうだと一同、山田さんの話に感激。「それで一人前になるにはどれくらいの修業が必要なのですか」、これには山田さん、「30年」とにっこりと答える。私は90歳にしてやっと一人前のきこりになった山田老人が、木に登って枝を払っている姿が、ちらりと目に浮かぶように感じた。

われわれはおかげで元気にしているが、子どもの頃は病弱だったとか、弱虫だったとか話しあっているうちに、昔、「健康優良児」というのがあったことを思い出し、われわれのようなのは「健康遊老人」と称することにしよう、ということになった。

こんなことになると、文化庁長官という職業意識が急に出てきて、健康遊老人として認定を受け、10年経過した者は文化庁が「文化高齢者」として表彰し、国より年金を支給してはと思ったが、これは文化庁よりウソツキクラブでの話題の方がふさわしいようだ。

現場主義

9月12日から15日（2003年）まで、日本心理臨床学会が京都大学教育学部の主催で行われた。

会員約7千人が参加する大きい学会で、弁護士の中坊公平先生に特別講演をお願いした。心理臨床の実際においては、人間に関する幅広い理解が必要なので、いつもどなたか専門領域外の人にお願いして、特別講演をしていただくのである。

中坊先生については、説明を要しないであろう。森永ヒ素ミルク事件や、瀬戸内海の産業廃棄物投棄の問題など、数々の事件の解決に力を尽くした方である。

中坊先生は、ものごとを理論や概念によって考える前に、ともかく「現場に行く」ことを大切にしておられる。倒産した会社の工場へ行き、自分自身がクレーンに乗って操縦したり、森永ヒ素ミルクのときは、各家庭を訪ね、泊まり込んで家族と話し合ったり、などと、まさに現場の体験をされ、それをふまえての講演は実に迫力があって、聴衆の心に響くものがあった。

「現場主義」のお話を聞きながら、私が心理療法の仕事を始めたころのことを思い出した。ともかく子どもの教育や心理について論じる前に、その子どもたちに接して、できることをしたいという強い思いで、子どもたちに直接に接していたが、そんな実際的なことをしていても「学問にならない」とか、「うだつがあがらない」などとよく言われたものだ。

そんなとき、「別に学問や研究でなくても、人の役に立てばいいのですよ」と言っていたが、学問・研究は立派で高尚だが役に立たず、現場で役に立つことをしているのは、低級で学問でも研究でもない、という深いギャップを何とかして埋めねばならないと思うようになった。

その後の努力が実って、われわれのしていることが学問や研究としても認められつつあるのは嬉しいことである（と言っても、まだまだ抵抗があるが）。

中坊先生のお話を聞きながら、ふと思ったことは、私は「現場主義」とは言っているが、相談に来られる人と1時間話し合いはしても、その人の家を訪問したり、ましてや寝食を共にすることなどない。ごくまれに家を訪問したり、一緒に散歩したりするが、よほどのことでない限り、そんなことはしない。これでは「現場主義」の名がすたるのではないか、ということであった。

実は、ここに人間の「心」に接することの難しさがあるように思う。心理療法の開祖ともいえる、フロイトやユングの伝記などを読んでいると、初めのころは彼らも患者と寝食を共にするようなことをしている。そして得た結論は、心のことを扱う場合、人間と人間の距離が近すぎるとふたりがベタベタになって混乱を増すばかりになる、ということや、かえって心の奥のことは隠すようになる、ということであった。

読者の皆さんも、あまりに親しい人だからこそ、かえって心の秘密が語れない、という経験をされたことがあるだろう。

現場でも「心の現場」は微妙かつ危険である。

このことをよく知りながら、そのときに必要な距離をとりながら、現場から離れないようにする、というところにわれわれの仕事の難しさがあると思われる。

作戦

芸能の名人の芸談を読むのが好きである。分野はまったく異なるのだが、私の専門のカウンセリングをすることと一脈通じるところがある。ともかく、私の仕事は人間の生きることに関連してくるので、人間を理解する、という点でうーんと唸りたくなるようなところがあるからである。大学院の学生さんや、カウンセリングの勉強をしている人に、心理学の本よりも芸談を読む方が実際の役に立つのと違うか、と言ったりもしている。

竹本住大夫さんの『文楽のこころを語る』(文藝春秋)を読んだ。竹本さんは文楽の浄瑠璃を語る人間国宝だが、これは題名どおり、竹本さんの「語り」を筆録したものなので、関西弁の語り口がそのまま伝わってくる。まさに「こころを語る」にふさわしい書物である。

芸の細部に至るまで、心を使い、ほんの少しの言い方の違いにまで心を配る。このような語りを読みながら、私はクライアントを前にして発する言葉の端々にどれほど注意を払っているだろう、などと反省することしきりである。

読みすすんでいくうちに、次のようなところがあった。「作戦を立てなかってもいかんし、立てすぎて失敗することもあるし、作戦どおりにいかないときもあるし、むつかしいでんなあ」。こんな言葉に出会うと、私も同じことをしている、と何だかうれしくなるし、「むつかしいでんなあ」という言葉に、ウンウンとうなずきたくなる。ほんとうにカウンセリングも「むつかしいでんなあ」である。

確かに、われわれも作戦を立てる。しかし、「立てすぎて失敗」することが多いようにも思う。ある高校の教師が、家出をした高校生のカウンセリングをすることになった。先生は学籍簿で、その子の母親が継母であることを知っていた。継母に対する不満や、ひょっとして怒りも語られるかもしれない。そのような感情をしっかりと受け止めてゆこう、と先生は「作戦」を立てた。生徒はなかなか喋ってくれない。それでも辛抱強く待っていると、ポツリポツリ喋り出した。「先生、同級生のA君、あれ落第するのとちゃうか」という調子である。

カウンセラーの先生はイライラしてきた。「Aのことなどどうでもよい。お前の方が落第するんだぞ」と思わず言ってしまった。作戦が外れ、なかなか母親の方に話がいかないので腹が立ってきたのだ。そして、とうとう、「お前はお母さんのことをどう思ってるんや」と問いただした。「別に」という答え以上のものは返って来なかった。

カウンセリングを打ち切って、しばらくしてから、先生は実はA君の母親も継母であることを知った。

継母だから問題と単純には言えないが、先生の作戦は間違っていなかったようだ。しかし、話をはじめてすぐに継母のことなど、ましてそれに対する自分の気持ちなど言えるものではない。彼は、ふと思いついてA君のことを言ってみたのだ。

これは話の手がかりだ。しかしカウンセラーのいらだちを感じて、生徒はこれはほんとうの話し相手でないと見限ったのだろう。心を閉ざしてしまったのだ。

やっぱり「むつかしいでんなあ」である。

つねる

つねる。『広辞苑』をひくと、「爪や指の先で皮膚をつまみ、強くねじる」とある。関西では「つめる」と言うが、『広辞苑』には「つねる」について「ツメ（爪）ルの転という」とわざわざ書かれているので、ひょっとすると「つめる」の方が正しいのかもしれない。漢字は「抓る」だから、「つめる」の方が本来のように思う。と、ここで関西弁は素晴らしいなどということを主張するつもりはない。

平手打ちも痛いが、つねられるのも痛い。前者ほどはなばなしくなくて、人目につかないのに結構痛いから、なんだか陰湿に感じられたりする。

ある小学校1年生の自閉的な子は、言葉は理解できるし話せないこともないのだが、同級生とはまったく話をしない、というよりは無関心に近い。教室にいても、先生の声など聞こえているのかどうかも分からないほどである。自分の周囲のことにまったくの無関心である。

担任の先生は困ってしまって、どうしたらいいのかをスクールカウンセラーに相談した。直接的にはたらきかけると、かえって怖がったり敬遠されたりするので、そうはせずに、温かく見守るというつもりで接してください、と言われ、そのようにしていると、自閉的な子が少しずつ心を開いてくるのが感じられた。

周囲に対して無関心に見えるのは表面だけで、瞬時の間にいろいろと感じとっているらしいことも分かってきた。おそらく先生の気持ちを感じとったのだろう。おずおずと近づいてくるようになった。

子どもたちは先生の態度や気持ちを微妙に感じとるところがある。ぜんぜん言葉を発しない子を、クラスの子たちはいじめることもせず、親しい雰囲気ができてきた。

そんなとき、その子が隣の子を強くつねったのである。つねられた子は半泣きになって先生に訴えに来た。先生は困ってしまって、またカウンセラーに相談した。

そこで、「つねる」のは下手な形ではあるが、友人に自分に関心をもってほしい、「こちらを向いて」という信号だ、という説明を受けて、先生はなるほどと思った。言葉では表現できないけれど、自閉的な子が他の子に対して関心を示したのだ。

ここで失敗する人は、「つねる」のも「いいことだ」というので、つねられた子に「辛抱して優しくしてあげなさい」などと言ったりする。これはおかしい。つねるのはやはり悪いことだ。しかし、そこに潜在している意味はプラスのことである。

こんなときは、「つねっては駄目よ」と、ちゃんと言うのだが、プラスの意味を心のなかで把握していると、ありがたいことにそれは伝わるのだ。その子は行為は否定されても、自分の存在は肯定されていることを感じるのだ。こんな指導を続けているうちに、その子はつねることをやめ、友人と話をするようになった。

マイナスとプラスの両方を知りつつ実際に対応するのは難しいことである。

小学校だけではない。霞が関でも、最近はつねったり、つねられたりしている人がいるように思う。霞が関などと言っておられない。日本中の「つねり」の研究をしてはどうだろう。なかには、マイナスだけのつねりがあるかもしれない。

天と地と

平均寿命が長くなったので、人生設計も昔のように単純にはいかなくなった。60歳で退職するとしても、あと20年は生きなければならない。そんなときに、それまでの生き方の単なる延長線上にいるならば、元気もなくなるし、退屈もするし、結局は周囲の人たちの重荷になるだけだろう。

最近、「伊能忠敬《いのうただたか》 子午線の夢」（監督・小野田嘉幹）の映画をビデオで観た。白状すると、加藤剛さんと対談するので、にわか勉強で観たのである。映画は映画館で観るものだ、と常日頃言っているのに、今度は背に腹はかえられず、ビデオ鑑賞となった。それでも画面の前で威儀を正して（？）最初から最後まで集中して観たので、少しは言い訳ができる。

これを観て、まず感激したのは伊能忠敬の生き方である。50歳まで大百姓としての人生をしっかりと生きた後に、隠居して天文学に熱中し、年来の夢であった、地球の子午線の正確な計算を試みようとする。これはまさに、初めに述べたような現代人の生き方に関する、見事な模範例と言えるのではなかろうか。

子午線の計算ということから、土地の測量、そして地図の作製と進み、周知のように、日本全土にわたる、当時としては考えられない正確さをもった日本地図作製の偉業が成し遂げられる。地方の一介の百姓であった彼が、いかにしてこのような第二の人生を生き得たのか。その秘密を解き明かすことを意図して、この映画はうまく作られているし、加藤剛さんの演技がそれを巧みに伝えてくれる。

伊能忠敬は、当時で言えば「星学」（天文学）の学者として著名になってゆく。彼の生き方に対応する者として、この映画には、これまた有名な町人学者、山片蟠桃《やまがたばんとう》が要所要所に登場する。ふたりはもちろん、「学者」として互いに尊敬し合っている。

しかし、決定的な相違が出てくる。地図作製の目標に向かって伊能忠敬は、文字どおり命を賭けている。そのために、彼は命を失いそうにもなる。「町人学者」蟠桃は、「命あっての物種」という町人哲学から、そんな無茶をしないように、やんわりと忠敬に助言をする。

このようなことが二度も繰り返され、今度こそ命が危ないというとき、蟠桃は問いかける。「私は商人《あきんど》ですが、あなたは何者ですか」。ふたりとも学者であることは世間が認めている。しかし、蟠桃は、その学問の背後を、町人魂が支えていることを知っている。そして、忠敬に問いかけるのだ。あなたの学問はどんな魂によって支えられているのだろうか。

この問いに忠敬は答えなかったが、まさに命のかかった瞬間、「私は百姓です。土を耕し土から収穫を得て生きる百姓です」と断言する。そして、彼は土を愛するが故に天を愛さねばならないことを悟るのである。

映画のなかには「われわれ百姓は、星や地図など関係ない」とわめく百姓の姿も周到に描かれている。土を愛するのはいい。しかし、土にのみ縛られるのは世界が狭すぎる。

人生を二度生きようとする者は、土を愛するが故に天を愛する、というパラドックスを生きねばならない。天を見上げつつ、文字どおり大地を踏みしめて歩く伊能忠敬の姿が、それを象徴しているようであった。

選ぶ

総選挙である。意中の人がすでに決まっている人もあろうが、これから誰かを選ばねばならない、と考えたり、迷ったりしている人もあるだろう。

「選ぶ」ということで思いついたことがある。これは幼稚園の先生からお聞きしたことである。幼稚園で子どもたちをふたつのグループに分けるときに、単に機械的に右と左に分けるよりは、「バナナとりんごとどちらが好き?」と尋ねて、バナナの組とりんごの組に分ける。もちろん片方が多いので、そちらのなかからジャンケンなどして何人かは少ない方に移ってもらう。

こんなことをすると、子どもたちはワイワイとはしゃいで、単なるグループ分けと違う楽しい雰囲気が生まれてくる。

もちろん、このときに、チョコレートとキャラメルにしてもよくて、ともかく子どもたちの好きそうなものを選ぶことが肝心である。

ところが最近は、こんな質問をしても、「どちらでもよい」という子どもが多く、以前のようにはしゃいだりしないとのことである。まさに飽食の時代。何でもよいのであって、ものごとを「選ぶ」ことなど関心が向かないのだ。

これは大変なことだと思っていたら、まったく意味の違う「選べない」という例に接することがあった。

これは、小学生の授業を観ていたときだったが、先生が子どもなりに倫理的にどちらにすべきか迷う、あるいは、考えねばならないような場面を提示して、君たちはどちらがいいと思う、という問いかけをした。そこで生徒たちの答えによってグループをふたつに分け、どちらがいいか討論をさせようというわけである。これは、道徳の授業でもよく行われる方法である。

子どもたちがふたつに分かれたとき、どちらにも入らないという子どもがひとりいた。どうしたのか、という先生の問いかけに対して、その子は堂々として、「なかなか決められない。もうちょっと考えさせてください。それと先生、もう少し詳しく話してください」と言ったのである。

これには、私もまったく感心してしまった。確かに人間の生き方には、右するか左するか迷うときがある。子どもたちは先生の問いに対して、一応答えを決めたわけだが、なかには簡単に決められないと思いつつ、「まあ、こちらにするか」と深く考えないままで、どちらかを選択した子どももいるだろう。

ところが「なかなか決められないから、考えさせてくれ」と言って、中間に居座るなど、大したものだと思う。そのうえ、もっと詳しく知りたいと要求する。自分が子どものときだったら、こんなことはできなかったのではないだろうか。

幼稚園児の例から、下手をすると「近頃の子どもは、ものごとの決定ができない。いい加減なものだ」などと言いそうになったが、後の例に接すると、「しっかり考えているではないか」と言いたくなる。

こんな例を挙げたのは、もちろん、選挙において、支持する政党なしの中間層の人たちが多いという現象を考えてのことである。最近の日本の大人たちは、どういう原因から、中間層が多くなっているのか、子どもたちの例から考えてみるのも一興だろう。

家庭交響曲

オーケストラというのは、人類の考え出した最高傑作のひとつだ、と言った人がいる。確かに、100人以上もの人がそれぞれの楽器を持ち、自分のパートに従って音を出すのだが、それが見事にひとつにまとまって聞こえてくる。全員が強く鳴らして大音響になるかと思うと、静かななかで、ひとつの楽器の音だけが際だって鳴り響くときもある。

私もオーケストラの魅力にとりつかれて、学生時代は下手ながらも京大オーケストラの一員であったが、今はもちろん、オーケストラには入れないので、もっぱら演奏を聴くほうを楽しんでいる。

先日も、大友直人指揮の京都市交響楽団の定期演奏会に行ってきた。そのときに、リヒャルト・シュトラウス作曲の「家庭交響曲」を聴いた。なかなかの難曲を、大友直人の指揮のもとに名演奏で聴かせてくれ、おおいに感激。聴衆も何度も拍手を繰り返し、楽員との心の交流が感じられる素晴らしい演奏会であった。

ところで、「家庭交響曲」という題名に、いったいどんな曲なのだろう、と不思議に思われた人もあるだろう。これは、作曲者が自分の家庭の描写を行いつつ、それを交響曲に仕立てている、おそらく世界でも唯一の曲といっていいのではなかろうか。

父親（作曲者）、母親、子どもの主題があって、それぞれの特徴を表していてわかりやすいのだが、それらの人間関係のいろいろな模様が、見事に音によって描かれているのだ。息子が遊んでいるのを、両親が満足げに見守っている情景。夜の7時になると子どもが眠る傍らで子守唄を歌う母親、両親がそれぞれの仕事にいそしみ、夜が深まると、夫婦の愛の情景が描写される。

ここは、プログラムの解説には、「この部分は構成として巧みな対位法（体位ではない）が駆使されている」となかなか粋な文章が書かれている。

終楽章では、子どもの教育をめぐっての両親の言い争い、やがて仲直りがあって普段どおりの幸福な生活に戻る。

楽しい演奏を聴きながら、私がふと思ったのは、「家庭」というのも、人類が考え出した最高傑作のひとつ、ではないかということである。すべての動物のなかで、「家庭」をもつのは人類だけである。鳥類や哺乳類では、子育てのときは夫婦、親子の関係がみられるが、そこから「家庭」をつくることはない。これは人類の「発明」なのだ。

最高傑作を表現するのに最高傑作をもってする、さすがは天才リヒャルト・シュトラウスと言いたいところだが、「家庭」を表すのに、100人を超す大編成のオーケストラなど不必要と思う人があるかもしれない。しかし、私はそうは思わない。

「家庭」のなかのひとりひとりの言い分を聞くのは私の職業だが、息子の、娘の叫びは、オーケストラの全楽器の高鳴りに等しいときがある、と感じる。言葉は単純かもしれない。聞き取れないほどかもしれない。しかし、その背後に響いている音に耳を傾けるなら、それは実に多くの音であり、大音響でもあるのだ。そして、現在の家庭では、お互いの出している音が——どれほど大きくても——相手に伝わらないことが多いのではなかろうか。

現代の作曲家が「家庭交響曲」を作曲すると、どんな曲になるのだろうか。

祈り

日本箱庭療法学会というのがある。患者さんに箱庭をつくってもらうことで心理療法をする、という方法を私がスイスで学んできて日本に紹介して以来、いまでは全国に広がっている心理療法の学会である。

この学会では毎年何らかのテーマを選んでシンポジウムをするが、来年（２００４年）は「心理療法と祈り」というテーマで私はその参加者のひとりに決まっている。こうして早くから決めておけば１年かけて準備ができるというわけである。

心理療法に「祈り」などと不思議に思う方もあるかもしれない。心の問題に悩んで来られる方を援助しようと、できるだけのことをする。「箱庭」などというのも、そのひとつといえるだろう。しかし、実際にはいろいろと手をつくし、共に悩んだり考えたりしながら、最後は「祈り」しかない、と思わされることがあるものなのだ。

万策尽きたと思うなかで、祈りが「通じた」と思いたくなるようなありがたいことがある。ひょっとして、心理療法の根本は「祈り」ではないかとさえ思うのである。

シンポジウムの準備についても、自分で積極的に努力しなくとも、それに関連することがあちこちから飛び込んできて、雪の結晶ができるように、うまく準備が仕上がってゆくことが、あんがいあるものだ。今年の学会のテーマは「水」であった（箱庭には水がよく使われる）。すると、学会の前に参加した国民文化祭のテーマが「水」で、おおいに利用させていただいた。

最近、イタリアのアッシジにある聖フランチェスコ教会に行った。ここで、日本の仏僧、明恵《みょうえ》を主題とする日本舞踊が舞われた。これは実に画期的なことと言わねばならない。来年のテーマ「祈り」についても、ここでは当然のことながら、関連することがあって参考になった。そのなかで印象に残ったことを書いてみよう。

聖フランチェスコやその教会についての書物をあれこれ読んだが、もちろんこのなかには「祈り」に関するものが多い。

そのなかで弟子のひとりが、「どうして祈りのときに限って妄念が浮かびやすいのか」と問うところがある。これは実に面白い。つまらぬ雑談をしたり、仕事をしたりしているときには妄念が浮かばないのに、祈りのときになるとかえって馬鹿なことを考えたり、空想が湧いたりする。

これに対するフランチェスコの高弟のひとりの答えは、「悪魔は人間が善いことをするときこそ妨害をするのだ」というのである。つまらぬことをしているときは放っておいて、人間が祈りのような善行をしようとすると、悪魔は妨害しようとして妄念を送り込んでくる、というのである。

これも面白いが、私が考えたのは、「祈り」というような、一種の心の空白状態は、平素は抑えている妄念が生じやすい、ということである。そこで、妄念を抑えて「神」に心を集中することが大切になる。

あるいは禅の公案のように集中すべき焦点を与えて、妄念を消してゆくという工夫もあるだろう。しかし、ここで、せっかく出てきた妄念だから、それを大切にしてみよう、という考えもあるのではなかろうか。

妄念は妄念として大切にして祈っていると、妄念が変容したり、妄念の背後に何か見えてくることもないだろうか。

アッシジの聖堂のなかで、私はこんな妄念に取りつかれて考え込んでいた。

妙な癖

有名な解剖学者の養老孟司さんに薦められて、オリヴァー・サックス著の『火星の人類学者脳神経科医と七人の奇妙な患者』（吉田利子訳、ハヤカワ文庫ＮＦ）を読んだ。確かに面白い本だ。著者は脳神経科医で、彼が診ることになった7人の患者のことが書かれている。どれも興味深く、また考えさせられる例だが、そのなかの「トゥレット症候群の外科医」について紹介しつつ、私の思ったことを述べてみよう。

トゥレット症候群とはフロイトの友人でもあったフランスの神経学者ジル・ドゥ・ラ・トゥレットが記述した症状なので、そのように呼ばれるが、痙攣《けいれん》性チック、他人の言葉や動作の無意識な模倣、あるいは、罵声や冒瀆的な言葉を発する、などの衝動的行為を特徴としている。歩いている途中に急に跳び上がったり、急に「死ね！」と叫んだりする。周囲は驚くが、本人の苦痛はたまらない。しかし、それはどうしても止められず、本人もなぜそうなるのかわからないのである。

これについては、心理的、生物的、それに道徳的、社会的な見方で原因究明が行われているが、現在のところ決定的な結論はない、とオリヴァー・サックスは言っている。

ここに登場するカール・ベネット博士はトゥレット症候群に悩まされながら、優秀な外科医として周囲から尊敬されている、という人である。オリヴァー・サックスはこの外科医に依頼されて訪問し、外科の手術をしているところなどを観察して、この報告を書いている。

ベネット博士の症状は相当なものだ。車を運転していても、口ひげとメガネをしつこく触る。急に別人のような甲高い声で「ハイ、パティ」「やあ、こんちは」と叫ぶ。「ひでえなあ！」と言うこともある。凄いのは彼の家の冷蔵庫である。その扉は月面のようにデコボコだ。それは、彼がアイロン、フライパンなどを突然に投げつけてしまうからである。

こんな人が外科の手術などできるのか、ということになるが、サックスの見ている前でベネット博士は見事にそれをやってのける。手術に入る直前に、衝動的、突発的な動作が出てきたりするが、手術中はピタリとおさまるのだ。それだけではない。「博士ほど、患者に優しい外科医には会ったことがありませんよ」とスタッフが言うほどの医師なのである。

これは、ベネット博士自身がトゥレット症候群という病気に常に悩まされているので、病人の気持ちがわかりやすいからではないだろうか。彼は「奇妙な病気ですが……わたしはこれを病気だとは思わず、自分の一部だと感じています」と言っている。

これを読んでいるうちに、偉い人や賢い人でも、妙な癖のある人がいることを思い出した。ときどき、「あの癖がなかったら最高なのに」と言われたりするが、それもその人の「一部」ではなかろうか。それによってどこかうまくバランスをとっているのだろう。

ベネット博士は外科医として認められただけでなく、結婚して立派な社会人として生き、その上、自家用飛行機の操縦までしていた。こんな症候をもった人をしっかり許容する社会の懐の深さに感心させられる。

細かい欠点に目くじらを立てずに、人を許容することによって、豊かな社会ができる、と私は思う。

老いの学び

北海道・小樽の絵本・児童文学研究センター主催による文化セミナー「学ぶ」に参加してきた。児童文学が好きなのと、東京以外の所で有意義な仕事をしている人を応援したいという気持ちで、このセミナーには毎回参加、今回（2003年）で第8回を迎え、ますます盛況でうれしく思っている。

今回は、おなじみの数学者の森毅さん、認知心理学者の佐伯胖《ゆたか》さん、詩人の工藤直子さんに私が加わり、センター理事長の工藤左千夫さんがコーディネーターとなって、「学ぶ」ことについての講演やシンポジウムを行った。「児童文学による生涯学習」ということを、このセンターが提唱してきたこともあって、なかなか面白いセミナーになった。

ところで、ここでお話ししたいのは、「生涯学習」の実践的発表ともいうべき、「フルートの宴」というのを、このセミナーの一部として行ったことである。

私が58歳から一念発起して、学生時代に吹いていたが下手でやめていたフルートを再び「学び」始めたことは、これまでにもあちこちに書いてきた。ところが、その「老いの学び」に触発され、このセミナーの参加者の佐伯さんもフルートを習い始め、続いて、本センター顧問で児童文学者の斎藤惇夫さんもやり始めた。おまけに詩人の工藤直子さんは、ハープを習い始めたのである。

佐伯さん、斎藤さんは、私のフルートの先生である佐々木真さんに習うことになり、われわれは相弟子となった。

こんなことなので、「学び」のセミナーにおいて、「老いの学び」の実例を示すのはおおいに有意義であろうと、師匠の佐々木先生に出場をお願いし、われわれ4人の笛に、工藤直子さんのハープを加えてアンサンブルをしようということになった。

師匠の佐々木さんは最近、東京交響楽団の首席フルーティストの職を定年退職し、61歳。私が最年長で75歳、後の3人はこの間の年齢である。高年齢のみならず、佐々木さんを除くと、すべて晩学であるところに特徴がある。

それで「グリーンスリーブズ」とか日本の童謡などを演奏したが、アンサンブルとなるとなかなか難しい。指導者の佐々木さんは大奮闘。何しろ繰り返しを忘れたり、他人のパートを吹いてみたりという「老いの学び」連中なので、まとめあげるのは大変だ。

当日のステージ練習のときもヒヤヒヤものだったが、何しろ舞台度胸という点では、「亀の甲より年の功」で、本番は練習をはるかに上回る出来栄えで、佐々木先生よりお褒めの言葉をいただいた。聴衆も、生涯学習の話があった後の実演に強い印象を受けた様子で、ほんとうに演奏者と聴衆の心が通い合う「フルートの宴」であった。

それにしても、音楽のアンサンブルとは、何と楽しいことだろう。「他人の音など聴いておれない」などと唯我独尊でやっているうちに、だんだんと他の音が聞こえ、それらの調和の美しさが感じられてくる。

老いて学ぶということは、実に楽しいことだ。「もうこんな年になって」などと言う必要はない。挑戦するといろいろと扉は開けてくるのだ。われわれシルバー・アンサンブルは、多くの人に老いて学ぶ勇気を与えたことだろうと思っている。

「生意気」

大学を辞めてからだいぶ年月が経った。最近は学生に接することもなくなったので、後輩の大学の先生たちに、「近頃の大学生はどうですか」と訊いてみた。「生意気な学生が、ほとんどいなくなってしまいましたね」という答えに、私は「残念ですね」と言い、彼らも同感の様子だった。

生意気な学生がいなくなって残念、という点については説明が必要と思う。

生意気とは、年齢や地位の差を全く無視して、自分の知識や考えを表明したりするときに言われる言葉である。大学のセミナーのときなど、教授が話をした後で、「君たちの意見は」と訊いたときに、先輩をさしおいて年少の学生が、「先生のお考えは少しおかしいのではないか」などと言って自説を展開する。言っていることが興味深くても、まず、「生意気な！」という反応を受ける。

もう少し場所柄、自分の地位などを考えてから、ものを言えというわけで、「小生意気な」という表現さえされる。会社のなかで、上司から「小生意気なやつ」と思われたため、その後、損ばかりするということもある。

では、なぜ生意気な学生がいなくなると困るのか。それは、生意気な学生はあんがい見どころがあり、その後、伸びてゆくのが多いからである。私がかつて奉職していた京都大学では、生意気な学生を苦笑いしながらも尊重するような気風があった。

「生意気というのはどういうことですかね」と前述の大学の先生に訊いてみる。「何やらわけのわからん自信があることですよ」と言われ、面白い考えだと思う。「生意気」といわれる学生のなかにも、自分の立場や場所柄などを大切にしている者はいる。だが、わけのわからん自信に押されて、思わず言ってしまう。したがって、そのときは自分が生意気かどうかなどという判断は消えてしまっている、というときがある。

そのわけがわからないが突き動かしてくるもの、そこに新しい可能性が潜んでいるのだ。聞いている方も、何かわからんが面白そう、という感じがする。そこを買うのである。そうすると、生意気と思われる学生から、新しい発展につながるようなアイデアが生まれてくる。生意気の背後で、何か未知の可能性がうごめいているのだ。

これに比して、自分の考えはよい考えだ、こんなことは誰も知らないだろう、と元気に発言するが、そのこと自体は本人が得意に思っているほど大したことではない、という場合がある。こんなのは単に生意気なだけで、無視しておけばよい。

人の上に立つ者としては、この2種類の生意気を判別する能力を持たねばならない。単純に、生意気に見どころありなどと思っていたら、甘やかしが過ぎて収拾がつかなくなってしまう。

若者の生意気がなくなってきたのは、若者が反発を感じるような権威的な年長者が少なくなってきたことも理由に挙げられるかもしれない。そうなると、年長者はものわかりがよくなり、若者は生意気ではなくなり、世の中、なごやかでいいではないか、とも考えられる。

しかし、なごやかにはなったが、全体として何だかパワー不足ということだと、これでは残念である。

星が見ている

文化庁の主催する国際文化フォーラム「文化芸術と科学技術」が、京都の国際会館で開かれ、参加した。日本では文化系と理科系とが早くから分けられて、お互いに他のことを知らなすぎるという欠点があるが、文化芸術と科学技術との間にいろいろと交流や相互作用があるべきではないかという趣旨のフォーラムで、国際的、学際的な発表者を迎え、実に興味深い会となった。

そのなかで印象的だったことを紹介しよう。ハワイに大天文台をつくられたので有名な、天文学者の小平桂一さんが基調講演をされた。聴衆からの質問のひとつに、「現代は科学技術が発展し、それにつれて宗教の力が弱くなっている」、このことについてどう考えるか、という問いかけがあった。

小平さんはこれに対して、宗教という場合、いうなればふたつのことがあり、まずひとつは、何か特定の宗教を指す。つまり、自分は××教の信者である、というような場合。第二の場合は、特定の宗教、宗派に属するのではなく、自分を超えた自分の知識ではとらえ切れない偉大な存在があると信じることである。そして、2番目の意味の宗教は大切であり、このことなしに最先端の科学の研究をするのは難しいのではないか、と言われた。

そして、野原に寝転がって、夜空の星を見ていると、初めのうちは、自分が星を見ていると思っているが、そのうちに、星のほうが自分を見ている、自分は見られているのだ、と感じることがあるはずである。その経験が大切ではないか、と。

小平さんの発表では、ハワイの大望遠鏡で見た、100億光年も離れたところの星雲の写真などを見せていただき、現代の科学の力の偉大さに感心していたのだが、この科学者にしてこの言ありと思って、深い感銘を受けたのであった。

話変わって、詩人のまどみちおさんは、私がかねがね尊敬している方だが、まどさんは絵も描かれ、最近は『とおいところ　まど・みちお画集』（新潮社）を出版された。12月5日（2003年）には、このまどさんの絵について谷川俊太郎さんと対談をするので、この画集を見ていた。そこには詩も載っているのだが、次の詩があり、驚いてしまった。

いちばんぼし

いちばんぼしが　でた
うちゅうの
目のようだ

ああ
うちゅうが
ぼくを　みている

天文学者と詩人と、どちらも同じものを見、同じように感じている。これは何と素晴らしいことだろう。科学と芸術は思いの外に接近しており、そこには深い宗教性が感じられるのだ。
いちばんぼしについて、2歳の坊やの原ひろしくんのつくった私の大好きな詩を最後に紹介しておこう。

おほしさんが
一つでた
とうちゃんが

かえってくるで

（灰谷健次郎編『お星さんが一つでた　とうちゃんがかえってくるで』理論社）

この坊やは星の向こうにお父さんの姿を見ている。これもまた素晴らしい。

あとがき

本書は「週刊朝日」のコラムに連載したものである。残念なことに紙幅の都合で、10回分は割愛せざるを得なくなった。どれということになると迷ってしまい、編集の矢坂美紀子さんの編集感覚に依存しつつ決めることになった。そのとき話題として取りあげたことが消えるのは申訳ないが、他で同様のことを語っているものもあるので、御容赦願いたい。

文化ということは心とよく関連しているので、文化的なことを語りつつ、「ココロ」に及ぶような話題が多かったと思う。毎週というと大変なようだが、文化庁長官という役についていたお蔭で、つぎつぎと種が見つかったのは、ありがたいことであった。日本の各地域に文化芸術懇談会というので出かけていったが、そのとき「ココロの止まり木」のことがよく話題になって嬉しかった。

本書の成立には、朝日新聞社出版本部の、前述した矢坂美紀子さんにずいぶんとお世話になった。ここに心からお礼申しあげる。

河合隼雄

装幀　安野光雅

初出誌
「週刊朝日」二〇〇二年四月一二日号から二〇〇三年一二月二六日号まで連載したものから75編を収録。

河合隼雄
　一九二八年、兵庫県生まれ。臨床心理学者・心理療法家。二〇〇二年より文化庁長官。『昔話と日本人の心』（岩波現代文庫）で一九八二年大佛次郎賞、『明恵　夢を生きる』（講談社＋α文庫）で一九八八年新潮学芸賞、一九九五年紫綬褒章を受章。著書に『中年クライシス』（一九九六年　朝日文庫）、『おはなし　おはなし』（一九九七年　朝日文庫）、『紫マンダラ　源氏物語の構図』（二〇〇〇年　小学館）、『Q&Aこころの子育て　誕生から思春期までの48章』（二〇〇一年　朝日文庫）、『ナバホへの旅　たましいの風景』（二〇〇二年　朝日新聞社）、『おはなしの知恵』（二〇〇三年　朝日文庫）。共著に『ブッダの夢　河合隼雄と中沢新一の対話』（二〇〇一年　朝日文庫）、『仏教が好き！』（二〇〇三年　朝日新聞社）などがある。

ココロの止《と》まり木《ぎ》

二〇〇四年五月三〇日　第一刷発行

著　者　河合隼雄《かわいはやお》
発行者　花井正和
発行所　朝日新聞社
編集・文芸編集部　販売・出版販売部
〒一〇四―八〇一一　東京都中央区築地五―三―二
☎〇三―三五四五―〇一三一（代表）
振替　〇〇一九〇―〇―一五五四一四
印刷所　凸版印刷

ISBN4-02-257920-X
定価はカバーに表示してあります

河合隼雄の本

朝日新聞社刊

中年クライシス
日本文学の名作12編に中年の心の危機という深い体験を読み解く。（解説・養老孟司）　文庫判

おはなし　おはなし
鋭い洞察とユーモアでおはなしの不思議な力を発見する。（解説・山田太一）　文庫判

Q&A　**こころの子育て　誕生から思春期までの48章**
すべての子供に共通の「よい子育て」はありません。その悩みや不安に、やさしく答える。　文庫判

おはなしの知恵
昔話を題材に、現代人の社会問題を洞察する。巻末に岸惠子氏との対談を収録。　文庫判

ナバホへの旅　たましいの風景
米南西部、ナバホの地を訪れ、アメリカ・インディアンの「癒し」の文化を探求する旅。　四六判

ブッダの夢　河合隼雄と中沢新一の対話
宮沢賢治、アメリカ先住民の神話、箱庭療法の事例をもとに、仏教について語りあう。　文庫判

仏教が好き！

たましいを根本から癒す仏教の魅力を探る中沢新一との対話。中沢新一の初の仏教論。　四六判